아버지 서재에서 놀다

소중한
인연

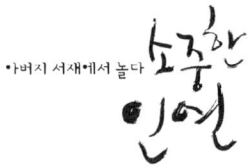

펴낸날 | 2011. 9. 19

지은이 | 김용균
펴낸이 | 임후남

디자인 | 애드디자인
출   력 | 아이앤지
인   쇄 | 코피

펴낸곳 | 생각을담는집
전   화 | 서울시 양천구 목동 917-9 현대 41타워 3903
전   화 | 편집 070-8274-8587 영업 02-2168-3787
팩   스 | 02-2168-3786
전자우편 | mindprinting@hanmail.net

ISBN 978-89-94981-17-8 03800

•아버지 서재•에서 놀다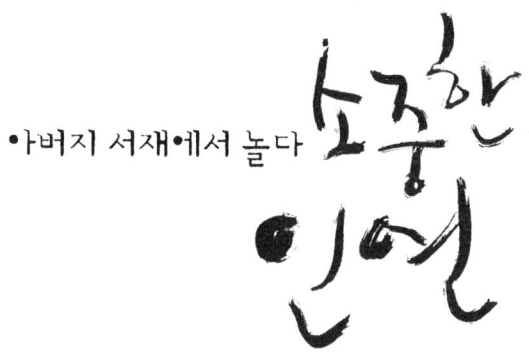
소중한
인연

글 **김용균**

신화연구가인 조셉 캠벨은 《신화의 힘》이라는 대화집에서, 평소 보이지 않는 손이 자기를 따라다닌다는 믿음을 갖고 사노라고 털어놓으면서, "천복天福을 좇으면 창세 때부터 나를 기다리고 있던 길로 들어서게 된다. 내가 살아야 하는 삶은 내가 지금 살고 있는 삶이다. 이것을 알면 어디에 가든지 자기 천복의 벌판에 사는 사람들을 만나게 된다. 그 사람들이 내게 문을 열어 준다. 그래서 나는 자신 있게 사람들에게 권한다. 천복을 좇되 두려워하지 말라, 당신이 어디로 가는지 모르고 있어도 문은 열릴 것이다."라고 말합니다.

천복을 제대로 좇지는 않았으되, 저도 세상을 살면서 늘 보이지 않는 손의 도움을 받는 것 같습니다. 그 손의 실체가 누구일까요? 삶의 길목에서 우연히 내게 다가와 귀한 깨우침을 주고 지친 몸을 일으켜주는, 한결같이 소중한 인연들이지요. 내가 과분하게 지금 누리고 있는 모든 복들이 어디선가 내게 문을 열어 주고 길을 찾아 준 그 누군가의 따뜻한 손길에서 비롯된 것임을 믿습니다.

그동안 틈틈이 책을 읽으며 얻게 된 나름 좋은 느낌과 생각들을 옛친구들과 어울려 지내는 인터넷 사이트에 '함께 읽고 싶은 글'이라는 제목으로 부담 없이 올렸었는데, 몇몇 친구들의 권유로 이들을 한데모아 책을 엮는 만용까지 부렸습니다. 별 재주도 없이 어줍은 잡글을 붙여

귀한 말씀에 흠집을 내지 않았을까 저어되기도 하고, 나중에 책으로 엮인 글을 볼 때마다 뻔히 후회하게 될 줄 알면서도, 고마운 사람들과 책읽기의 즐거움을 함께 나누고 싶은 바람으로 애써 자위해 봅니다. 그렇지만 저 먼 옛날 페르시아의 수피 시인 잘랄루딘 루미가 노래했던 것처럼, 이 수많은 책들은 물론이고 이 세상 모든 호사가 다 무슨 소용 있겠어요? 내 마음속에 사무치게 기리는 소중한 인연들이 없다면.

봄의 과수원으로 오세요.

꽃과 술과 촛불이 있어요.

당신이 안 오시면

이것들이 무슨 소용 있겠어요.

당신이 오신다면 또한

이 모든 것들이 다 무슨 소용 있겠어요.

2011년 6월 대모산 우거에서

김 용 균

2장
독서는 독서를 낳고

3장
사랑은 사랑을 낳고

1장 만남은 만남을 낳고

인연의 소중함에 대하여

사람이 사람을 만나 서로 좋아하면
두 사람 사이에 서로 물길이 튼다
한쪽이 슬퍼지면 친구도 가슴이 메이고
기뻐서 출렁이면 그 물살은 밝게 빛나서
친구의 웃음소리가 강물의 끝에서도 들린다

처음 열린 물길은 짧고 어색해서
서로 물을 보내고 자주 섞여야 되겠지만
한세상 유장한 정성의 물길이 흔할 수야 없겠지
넘치지도 마르지도 않는 수려한 강물이 흔할 수야 없겠지
긴 말 전하지 않아도 미리 물살로 알아듣고
몇 해쯤 만나지 않아도 밤잠이 어렵지 않은 강
아무려면 큰 강이 아무 의미도 없이 흐르고 있으랴
세상에서 사람을 만나 오래 좋아하는 것이
죽고 사는 일처럼 쉽고 가벼울 수 있으랴

(후략)

—마종기의 詩, 〈우화의 강〉 일부

며칠 전 어느 지인으로부터, '세상에서 사람을 만나 오래 좋아
하는 것이 어찌 죽고 사는 일처럼 쉽고 가벼울 수 있으랴', 이
런 글귀를 담은 메일을 받았습니다. 마종기 시인이 노래한 시구
이지요. 참 매서운 말입니다. 아! 나는 그동안 단 한 사람에게라
도 그렇게 절실하였는가, 누군가와의 인연을 그렇게 소중하게
보듬었던가?

소중한 인연은 보배입니다. 서로를 진심으로 위하고 아끼며
정성을 쏟는 사람들에게만 주어지는 축복이겠지요. 바로 그런
인연의 축복 중에서도 서로 믿고 좋아하는 친구는 정말 귀한 보
배일 것입니다. 서로에게 삶의 향기를 보태고, 용기와 힘을 북
돋우며, 영혼의 불을 밝혀 주는 친구, 그런 소중한 인연을 가꾸
는 일이 어찌 쉽고 가벼울 수 있겠는지요?

좋은 친구 사이에는 물길이 트이고, 마침내는 수려한 강물이
흐른다고 합니다. 오랜 세월을 서로 곁에 두고 가까이 지내면서
같이 기쁘고 또 슬퍼하고, 고맙고 미안하다가, 더러 서운하고
밉기도 하고, 이런 온갖 부딪침과 느낌들이 한데 어우러지게 되
면 어디엔들 도도한 강물이 흐르지 않겠습니까? 꼭 수려하다고

까지 할까요만.

　친구는 벌써 물길을 열고 나를 바라보는데 나만 몰라라하며 무심하게 지내는 것은 아닌지, 물길 저 끝에서 친구가 이리저리 흔들리며 아우성치는데 나는 아무렇지 않게 호강하고 안일한 것은 아닌지, 문득 차분히 생각에 젖어 봅니다.

살아있음을 느끼라

한 어머니가 큰 수술을 여덟 번이나 받아서 마치 몸이 굴 속 같았다고 합니다. 자궁암을 비롯해 위암, 장암 등 암이 전이되면서 그때마다 위험한 수술을 되풀이하게 됩니다. 이런 수술들을 받고도 그 어머니가 어떻게 살아있는지 의사들 자신도 매우 놀라워하면서 신기해합니다. 삶은 실로 기적 같은 일입니다. 그 어머니가 죽지 않고 살아있는 것은 집에 정신박약아 아들이 하나 있기 때문입니다. 아들은 항상 누워서만 지내기에 대소변까지 받아내야 합니다. 나이가 스무 살인데도 서너 살짜리 유아 정도의 지능밖에 안 됩니다. 말도 세 살 먹은 아이 정도밖에 못합니다. 아이가 부실하게 태어난 지 얼마 안 되어서 부부는 이혼을 합니다.

(중략)

큰 수술을 여덟 번이나 받았으니 오죽하겠습니까? 날씨가 궂거나 무거운 것을 들면 수술 자리가 아파서 견딜 수가 없습니다. 차라리 죽었으면 하고 몇 번이나 자살도 결심합니다. 그러다가도 "이 아이를 혼자 남겨 두고 내가 죽을 수는 없다. 저 아이가 어미인 나를 기다리고 있다. 내가 살지 않으면 저 아이 혼자서는 도저히 살아갈 수 없다."는 이 한 생각으로 자신이 고통 받는 것은 생각할 여유조차 없습니다. 이것이 여덟 번이나 수술을 받고도 이 어머니가 살아갈 수 있는 비결입니다.

(중략)

단 한 사람을 위해서라도 인생은 살아갈 만한 가치가 있습니다. 장애자인, 정박아인 단 한 사람을 위해서라도 인생은 살아갈 만한 가치가 충분히 있습니다.

－법정 지음,《일기일회―期一會》중에서

온 나라가 혹심한 경제위기를 겪으면서 서민들의 살림살이가 점점 팍팍해진다 합니다. 비정규직 900만 명, 청년실업 100만 명, 한 달 벌이 88만 원 세대, 비틀거리는 힘겨운 삶의 모습들이 너무 안타깝지요.

다행히 먹고사는 데 별 어려움은 없더라도 다들 제가끔 걱정이 태산입니다. 늙은 부모님은 나만 쳐다보고 계시고, 자식들은 교육문제, 취업문제, 혼사문제로 온통 골치가 아프지요. 이리저리 불쌍한 '낀 세대' 처지에, 몸은 예전 같지 않고 하는 일마다 뜻대로 안되니, 살아가는 것이 도무지 희망이 없어 보이지요.

요 며칠 새 법정스님의 법문집을 읽었습니다. 너무 마음에 와 닿는 내용이 많았지요. 특히 '행복은 살아있음을 느끼는 것' 이라고 한 스님의 말씀이 참 울림이 컸습니다. 하루하루 살아있다는 것이 곧 기적 같은 일이니, 아무리 힘들고 어려워도 나와 내 사랑하는 사람이 살아있다는 것에 그저 감사하고 살면 얼마든지 행복할 수 있다는 말씀이겠지요.

스님이 들려주신 한 어머니의 이야기가 참으로 감동적입니다. '단 한 사람을 위해서라도 인생은 살아갈 만한 가치가 충분히 있다'는데, 그런 소중한 사람을 떠올려 보세요. 당장 삶의 용기가 생기지 않나요? 그러고 보니 희망은 '그 어디에도 없는(no where)'것이 아니라 바로 '지금 여기에(now here)' 있었네요.

마음 좋은 사람

'나는 혼자 몸에 빈손이 아닌가? 섣불리 손을 썼다가 내 목숨만 저놈의 칼 아래 끊어 보내는 것은 아닐까? 그렇게 되면 내 의지와 목적은 세상에 드러내지도 못하고, 도리어 도적놈의 시체 하나만 남기고 죽고 말 것이다. 또 내가 빈손으로 단번에 저놈을 죽일 수는 없다. 만약 죽을 결심을 하고 대들더라도 방안에 있는 사람들이 만류하면 그 틈을 타서 저놈의 칼이 내 몸에 들어오고 말 것이다. 그러나 아무리 생각하여도 이일은 불가능한 일이다.'

이런 생각을 하니 가슴이 심하게 울렁거렸다. 심신이 자못 혼란한 상태에 빠져 고민하고 있는데, 홀연히 한 가닥 광선이 가슴속에 비치는 듯하였다. 그것은 바로 후조後凋 고능선 선생이 가르쳐 주신 교훈이었다.

가지 잡고 나무를 오르는 것은 기이한 일이 아니다(得樹攀枝無足奇).
벼랑에 매달려 잡은 손을 놓은 것이 가히 장부로다(懸崖撒手丈夫兒).

나는 곧 자문자답해 보았다.

(문) "네가 보기에 저 왜인을 죽여 설욕하는 것이 옳다고 확신하는 가?"

(답) "그렇다."

(문) "네가 어릴 때부터 '마음 좋은 사람(心好人)' 되기가 소원 아니었 더냐?"

(답) "그렇다. 그러나 지금은 원수 왜놈을 죽이려다가 성공하지 못하 고 도리어 죽임을 당하면 한낱 도적의 시체로 남겨질까 미리 걱 정하고 있는 것이다. 그렇다면 이때까지 '마음 좋은 사람'이 되 고자 했던 것은 다 거짓이고, 사실은 '몸에 이롭고 이름 내는 것을 좋아하는 사람(好身好名人)'이 되려는 소원만 가졌던 것이 아 닌가."

자문자답 끝에 비로소 죽을 작정을 하고 나니, 가슴속에서 일렁이 던 파도는 어느덧 잔잔해지고 백 가지 계책이 줄지어 떠오르기 시 작했다.

－김구 지음, 《백범일지》 중에서

백범 김구 선생의 서거 60주기가 지났습니다. 평생을 조국의 독립과 통일에 몸 바쳤던 진정한 민족의 지도자, 요즘처럼 정 치가 표류하는 어지러운 이 시대에 마냥 더욱 그리워지는 분입니다.

　지난 주말, 공주 마곡사에 다녀왔지요. 선생이 21세 때 한 일본인을 죽이고 경찰에 체포되어 사형을 선고받고, 그 이듬해 탈옥 도주하여 피신하며 지내다가 한때 머리를 깎고 중이 되어 생활하던 바로 그 절이지요. 선생은 그 후 중국으로 건너가 27년간의 망명생활 끝에 임시정부의 주석이 되어 귀국하여 전국을 순회하던 중 70세 노구의 몸으로 다시 마곡사에 들렀습니다. 그때 선생이 손수 심었다는 향나무는 벌써 제 키를 곱절은 넘게 자랐더군요.

　고인의 지극한 나라 사랑과 동포애, 그리고 순수한 자유정신을 기리며 간절한 추모의 마음으로, 먼지를 덮어 쓴 채 서가에 꽂혀 있는 《백범일지》를 꺼내 마음 가는 대로 군데군데 한 구절씩 읽어 봅니다.

　선생이 황해도 어느 여관방에서 우연히 마주친 일본인을 바로 조선의 국모 명성황후를 시해한 범인으로 추정하고, 혼자 복수심에 불타 그 자를 죽여 국가의 치욕을 씻어보리라고 결심했다가, 칼을 차고 있는 상대를 맨손으로 도저히 제압할 자신이 없어 울렁거리는 가슴을 짓누르며 어쩔 줄 모르고 망설이던 그 순간을 회상하는 부분에 문득 눈길이 멎네요.

　아, 난 여태껏 '마음 좋은 사람'을 마음이나 먹었던가요.

늙어감의 매력

하지만 딱 한 가지, 나이 들어가며 조금은 새롭게 느끼는 변화가 있다. 이전에는 보이지 않던 것이 보인다. 즉 세상의 중심이 나 자신에서 조금씩 밖으로 이동하기 시작한다. 나뿐만 아니라 내 주변에도 눈이 가고, 갑자기 잊고 지내던 사람들의 안부가 궁금해지고, 작고 보잘것없는 것들이 더 안쓰럽게 느껴진다.

단순히 나이 들어감에 따라 취향이 좀 주책 맞아져서 그런지, 아니면 이젠 내게 내가 너무 식상한 소재라 남에게 더 관심이 가는 건지, 또 아니면 나야 어차피 떠날 몸이니 내가 간 뒤에도 꿈쩍 않고 남을 이 세상에 대한 집착이 더 커져서 그런지, 그것도 아니면 내가 살아 보니 사는 게 녹록치 않아서 살아있는 모든 것들에 대한 측은지심인지, 이유는 분명치 않지만, 어쨌든 나뿐만이 아니라 남이 보인다. 한마디로, 그악스럽게 붙잡고 있던 것들을 조금씩 놓아 간다고 할까, 조금씩 마음이 순하고 착해지는 것을 느낀다.

그리고 결국 이 세상을 지탱하는 힘은 인간의 지식도, 열정도, 용기도 아니고 '착함'이라고 나는 생각한다. 인간 자체에 대한 연민, 내 자리 남에게 조금 내주는 착함이 없다면, 그러면 세상은 싸움터가 되어 금방이라도 무너질지도 모른다.

—장영희의 수필, 〈쉰 즈음에〉 중에서

며칠 전 생일이어서 문득 나이를 셈해 보니 만 55세, 어허! 내가 언제 이렇게 늙었나? 또 며칠 후엔 결혼 30주년 기념일, 아니, 벌써 나의 청춘이 저렇게 멀리 사라졌나? 하릴없이 거울 속에 내 얼굴을 비쳐봅니다.

몸은 아직 멀쩡한 것 같은데 단지 나이가 많다는 이유로 이런저런 불이익을 감수해야 하고, 또 아무리 부인하고 싶어도 아침에 읽은 책 내용이 저녁에도 기억나질 않게 되고, 기운이 하루가 다르게 부실하게 느껴지는 게 자꾸만 서글퍼집니다.

그래도 누군가 다시 젊어지고 싶으냐고 물으면, "아니. 사랑의 아픔, 경쟁의 고통, 좌절과 분노, 방황과 혼돈, 이런 어지럽고 힘겨운 과거 속으로 다시 돌아가고 싶지 않다."라고 대답하면서도, 마음 한편으로는 지칠 줄 모르는 힘, 뜨거운 열정, 뱃심과 용기, 불굴의 정의감, 이런 눈부신 매력 때문에 은근히 젊음을 탐내며 회춘하고 싶은 속내를 숨길 수 없습니다.

그렇지만, 아무리 늙더라도 젊음이 부럽지 않은 이유, 늙어감의 매력이 분명 있지요? 바로 제 나이쯤에 훌쩍 세상을 뜨신 장영희 교수님이 참으로 진솔하게 그것을 깨우쳐 주네요. 나이가 들면서 세상의 중심이 자기로부터 타자에게로 점점 이동하고, 바로 그 때문에 조금씩 마음이 순해지고 착해지는 데 늙어감의 매력이 있다는 말씀이 참 인상적입니다. 비록 그런 '착함'에는 턱없이 부족하더라도, 적어도 그리고 싶은 바람만은 넉넉하므로, 그냥 이대로 늙어감을 사랑할 수밖에요.

소외된 것들을 위하여

모두 다 꽃만을 기억할 뿐
그 꽃을 담고 있는 꽃병은 알아주지 않는다

모두 다 별만을 올려볼 뿐
별과 별 사이의 어둠은 있는지도 모른다

모두 다 연극배우에게만 박수를 보낼 뿐
무대 위에 대못으로 박아세운 소나무 소품에게는
눈길조차 주지 않는다

(중략)

모두 다 흔들거리는 갈대를 사랑할 뿐
갈대밭에 사는 바람을 기억하지 않는다
모두 다 이루어진 사랑만 축하할 뿐
이루지 못한, 그리움만 간직한

애달픈 사랑은 까마득히 알지 못한다

-김현태의 詩, 〈소외된 것들을 위하여〉 일부

느긋한 안락함에 익숙해지면 고단한 삶의 한숨소리는 잘 들리지 않는 법이지요. 달콤한 승리의 맛에 도취하면 패자의 쓰라린 눈물 같은 것은 아예 느끼지 못합니다. 다수의 주류 속에서 먹고사는 일에 별 어려움 없이 지내다 보면, 자력만으론 도저히 인간답게 살 수 없는 사람들과 더불어 산다는 걸 쉽게 잊게 됩니다. 그런데 마크 트웨인이 "자신이 다수의 편에 서 있다고 생각할 때는 언제나 잠시 멈춰 서서 성찰해야 할 시간이다."고 말했던가요.

　OECD 국가 중 최고의 자살률, 최장의 노동시간, 최하위권의 복지수준과 최저의 행복지수 등은 바로 우리 사회의 파행된 현실을 나타내는 부끄러운 지표들입니다. 세계 10위권에 육박하는 눈부신 경제발전의 외양에도 불구하고 우리 사회의 내면은 왜 이렇게 아직도 후진적인 답보상태를 면하지 못할까요? 혹여 그동안 앞만 보고 내달리며 차분히 주위를 살피지 못한 우리의 성장병에서 온 건 아닐지요?

　겉으로 드러난 것만 보고 그 안에 숨어 있는 소외된 것들을 알지 못하면 결국 허상만을 좇게 될 뿐이지요. 우리의 삶도, 이 사회의 미래도 마찬가지일 것입니다. 경쟁에서 낙오하고 실패하여 주저앉은 소외된 사람들에게 무관심한 삶은 진정한 행복을 느낄 수 없고, 어둡고 낮은 곳에 소외된 이웃들을 배려하지 않는 사회는 결코 건강할 수 없을 것입니다.

시인은 아무도 눈길 주지 않는, '꽃을 담고 있는 꽃병', '별과 별 사이의 어둠', '무대 위의 소품'을 눈여겨 바라봅니다. 모두들 지나쳐버리는 '엘리베이터 옆의 우직한 계단'과 '갈대밭 속의 외로운 바람'에 마음을 기울입니다. 그리고 '끝내 이루지 못하고 그리움만 간직한 애달픈 사랑'을 위해 기도합니다. 이 많은 소외된 것들이 지금 바로 우리 곁에서 소리 없이 흔들리고 있습니다.

공감하는 사회

'공감'은 내 윤리관의 핵심인데, 내가 이해하기에 이 황금률은 단순히 연민이나 자비의 감정보다 한층 더 나아간 것으로, 타인의 눈으로 타인의 입장에서 생각하는 태도이다.

내가 지닌 대부분의 가치기준과 마찬가지로 공감이라는 가치도 어머니로부터 배웠다. 어머니는 잔인하거나 동정심이 없거나 또는 권한을 남용하는 행위를 경멸했다. 그런 행위가 어떤 형태로 드러나는지는 상관하지 않았다. 인종적 편견을 드러내거나 학교에서 다른 아이들을 괴롭히는 일, 종업원들에게 쥐꼬리만한 임금을 지급하는 행위 등에 대해 그 형태에 관계없이 멸시했다. 어머니는 내게서 그런 기미가 보이기만 해도 내 눈을 빤히 쳐다보며 이렇게 다그치듯이 물었다. "다른 사람이 네게 그렇게 하면 네 기분이 어떨 것 같니?"

(중략)

공감이란 바로 이런 것이다. 보수주의자든 진보주의자든, 권세가 있는 사람이든 없는 사람이든, 억압을 하는 사람이든 받는 사람이든 관계없이 모두 상대방의 처지에서 생각해 봐야 한다. 우리 모두 자기만족의 안이한 마음가짐을 떨쳐버려야 한다. 자신의 생각만을 고집하는 한정된 시각을 극복해야 한다.

－오바마 지음, 《담대한 희망》 중에서

요즘 미디어 법을 둘러싼 국회의 여야갈등이 참 심각합니다. 어느 사회나 갈등이 있기 마련이지만, 우리 사회는 유독 심한 것 같지요. 남북갈등은 물론 온갖 남남갈등으로 인해 보이지 않는 벽들이 자꾸 높아갑니다. 그러나 정작 문제는 우리가 갈등을 풀어가는 데 너무 미숙하다는 점일 것입니다. 양극단의 주장이 서로 대립하면서 상대방을 적으로 치부하고, 정작 중도는 사이비, 무소신으로 내몰려 침묵하고 있을 뿐입니다.

어떻게 해야 갈등을 슬기롭게 풀 수 있을까요? 아무리 주장과 이해가 맞선 문제이더라도 거기엔 서로 인식이 공통된 부분, 기본적인 가치의 공유부분이 반드시 있을 것입니다. 자신의 주장만 옳다고 고집하지 말고, 상대방의 관점에서 문제를 바라보고 상대방의 입장에서 생각해 보면, 그런 부분들을 바탕으로 비로소 공감이 생기게 되고 그래야 서로 간에 소통이 이루어지지 않을까요?

공감이 바로 갈등을 해소하는 유일한 해법이라고 믿습니다. 서로 마음의 문을 열고 상대방에 귀 기울이며 역지사지로 생각하면 분명 서로에게 공감할 수 있게 되겠지요. 이렇게 공감하면서 서로 이해하고 존중하는 데서 곧 타협과 통합의 길이 시작될 것입니다.

미국도 갈등사회입니다. 그 병리현상의 치유를 자임하고 나선 버락 오바마 대통령, 그의 정치철학도 바로 '공감(compassion)'이더군요. 《담대한 희망》이란 책 속에 담긴 그의 공감론을 읽으며, 온갖 이슈마다 극한 대립으로 치닫는 우리 사회가 서로 공감하면서 부디 아름다운 화합을 이루게 되기를 기원해 봅니다.

사람의 향기

순천 웃장 파장 무렵 봄비 내렸습니다
우산 들고 싼거리 하러 간 아내 따라갔는데

(중략)

시장 벗어나 버스 정류장 지나쳐
길가에 쭈그리고 앉아 비닐 조각 뒤집어 쓴 할머니
몇 걸음 지나쳐서 돌아보고 서 있던 아내
손짓해 나를 부릅니다
냉이 감자 한 바구니씩
이천 원에 떨이미 해가시오 아줌씨
할머니 전부 담아주세요
빗방울 맺힌 냉이가 너무 싱그러운데
봄비 값까지 이천 원이면 너무 싸네요
마다하는 할머니 손에 삼천 원 꼭꼭 쥐어주는 아내

횡단보도 건너와 돌아보았더니

구부정한 허리로 할머니

아직도 아내를 바라보고 서있습니다

꽃 피겠습니다

−김해화의 詩, 〈아내의 봄비〉 일부

이 세상에서 가장 아름답고 향기로운 것? 그러면 누구나 대뜸
꽃을 가리키겠지요. 그렇지만 꽃보다 더 아름다운 게 곧 사람일
것입니다. 꽃 중의 왕이라는 장미꽃 향기가 아무리 곱다 한들
어디 사람냄새, 그 풋풋한 향기만 하겠습니까?

  꽃은 가까이 눈앞에 마주해야 비로소 향기를 맡을 수 있지만,
사람은 멀리 떨어져 지내더라도 얼마든지 향기를 느낄 수 있습
니다. 꽃은 일단 시들면 아름답기는커녕 추한 모습으로 전락하
고 말지만, 사람은 비록 늙고 시들지라도 오히려 더 곱고 기품
있는 자태로 은은한 향기를 풍기게 되지요.

  사람의 향기는 학식이나 재능, 재산, 미모, 이런 것들하고는
딱히 관계가 없어 보입니다. 오히려 많이 못 배우고 변변히 못
가지고 대수롭게 이루지 못했어도, 그냥 마음 착하고 맑은 사

람, 소박하고 담백한 사람에게서 좋은 향기가 배어나지요. 자기에게만 매이지 않고, 남을 위해 배려하고 양보하고 희생하는 사람, 넉넉지 못한 형편에도 어려운 이웃을 돕고자 애쓰는 사람에게서 진정한 향기를 맡게 됩니다.

우연히 읽은 김해화 시인의 〈아내의 봄비〉라는 시에서, 꽃보다 더 진한 향기가 넘치는 아름다운 여인을 만나게 됩니다. 봄비에 젖은 노점 할머니에게 팔다 남은 물건을 떨이해 주고 봄비 값까지 계산해 주는 꽃보다 더 향기로운 여인, 바로 지금 당신의 옆에 있는 아내가 아닌지요.

어머니, 용서하세요

엄마는 그래도 되는 줄 알았습니다
하루 종일 밭에서 죽어라 힘들게 일해도

엄마는 그래도 되는 줄 알았습니다
찬밥 한 덩이로 대충 부뚜막에 앉아 점심을 때워도

엄마는 그래도 되는 줄 알았습니다
한겨울 냇물에 맨손으로 빨래를 방망이질해도

(중략)

엄마는 그래도 되는 줄 알았습니다
아버지가 화내고 자식들이 속 썩여도 전혀 끄떡없는

엄마는 그래도 되는 줄 알았습니다
외할머니 보고 싶다 외할머니 보고 싶다,

그것이 그냥 넋두리인 줄만 알았는데

한밤중 자다 깨어 방구석에서 한없이 소리 죽여 울던 엄마를 본 후론
아!
엄마는 그러면 안 되는 것이었습니다

-심순덕의 詩, 〈엄마는 그래도 되는 줄 알았습니다〉 일부

지난 주말 시골에 계신 어머니를 찾아뵈었습니다. 미수를 맞으신 어머니 생신이었지요. 뵐 적마다 얼굴의 주름살이 더 깊게 패이고, 온 몸이 땅바닥으로 낮게 기우십니다. 하직 인사를 드리고 떠나올 때, 지나온 세월의 무게만큼이나 무거운 발걸음으로 현관문 밖으로 걸어 나와 내가 보이지 않을 때까지 혼자 손을 흔들고 계시던 모습이 눈에 밟힙니다.

신이 집집마다 갈 수 없어 그 대신 어머니를 한 분씩 집으로 보냈다는 말이 있지요. 우린 모두 어머니를 그렇게 정말 신과 같은 존재로 믿고, 어머니는 안으로 어떤 아픔도 스스로 이겨내고 밖으로 어떤 어려움도 거뜬히 막아 주시는 분이라고, 막연히 여기고 한결같이 기대면서 살았습니다.

그런데 어머니가 흙을 그리워하는 황혼의 연세가 되시고 나

서야, 우리는 비로소 그분이 한낱 모진 바람 앞의 가벼운 풀잎처럼 더없이 나약하고 외로운 여자임을 깨닫게 되지요. 어머니의 그 오랜 고통과 희생을 생각하니, 참으로 통절하고 사뭇 죄스럽습니다.

어머니 앞에 엎드려 뉘우치는 마음으로, 시 한 편을 읽어봅니다. 어머니의 위대한 힘. 아, 그것은 나의 이기심과 무관심이 만들어낸 허상임을 너무 늦게 알았습니다. 어머니, 용서하세요. 당신을 진심으로 사랑합니다.

이것과 저것

내게 없는 물건을 바라보고 '저것(彼)'이라 한다. 내게 있는 걸 깨달아 굽어보며 '이것(斯)'이라 한다. '이것'은 내가 이미 몸에 지닌 것이다. 하지만 내가 지닌 것으로는 욕구가 채워지지 않는다. 사람의 마음은 욕구를 채워 줄 수 있는 걸 사모하는지라, 그걸 바라보고 가리키며 '저것'이라고 한다. 이는 천하의 공통된 근심이다.

지구는 둥글고 사방의 땅은 평평하다. 그러니 천하에 내가 있는 곳보다 더 높은 곳은 없다. 그런데도 사람들은 곤륜산이나 형산, 곽산을 오르며 높은 곳을 찾아다닌다. 지나간 과거는 좇을 수 없고, 다가올 미래는 기약할 수 없다. 지금 이 상황보다 더 즐거운 것은 없다. 그런데도 사람들은 높은 집과 큰 수레를 갈망하고 논밭에 애태우며 거기서 즐거움을 찾는다. 땀을 흘리고 가쁜 숨을 내쉬면서 죽을 때까지 미혹을 못 떨치고 '저것'만을 바랄 뿐, '이것'이 참으로 누릴 만한 것임을 잊은 지가 오래되었다.

　-정민 지음,《다산어록청상》에 수록된 정약용의 글 '어사재기於斯齋記' 중에서

남의 떡이 더 커 보인다는 속담이 있습니다. 남들과 비교해 보면, 내 쪽이 으레 부족하고 항상 불만이지요. '엄친아' 때문에 내 아들만 주눅 들고, 친구의 아내는 왠지 볼 때마다 더 젊어지는 듯 '미시족'처럼 보이지 않나요?

'시간의 마술'이라는 말이 가리키듯, 현재로부터 멀리 떨어진 과거와 미래일수록 더 아름답게 비치는 법이지요. 그 마술에 홀려 우리는 늘 왕년의 추억에서 헤어나지 못하고, 먼 훗날의 장밋빛 설계에 시간을 허송합니다.

그러나 남들이 가진 것이 다 무슨 소용입니까. 또 과거는 이미 흘러가고 미래는 어떻게 될지 아무도 모르지 않나요. 내가 가지고 있는 것에 그대로 만족하고, 내가 지금 누리고 있는 것에 감사할 줄 알아야 그게 곧 행복이겠지요. '어제는 히스토리(history)이고, 내일은 미스테리(mistery)일 뿐, 오늘(present)이 바로 선물(present)'이라는 말, 참 기막힌 진리이지요?

우리 민족의 스승인 다산 정약용 선생이 1762년 바로 오늘(음 6월 16일) 태어나셨지요. 문득 선생의 글을 읽어 보니 그제나 이제나, 너나 할 것 없이 남보다 더 많이 가지려고 안달이고, 집과 차와 땅에만 마음이 매여 사는 세상 사람들을 향해, '저것'에 눈 돌리지 말고 '이것'에서 행복을 찾으라고 깨우쳐 주시는 듯 말씀이 새롭습니다.

사랑하는 법

떠나고 싶은 자
떠나게 하고
잠들고 싶은 자
잠들게 하고
그리고도 남는 시간은
침묵할 것

또는 꽃에 대하여
또는 하늘에 대하여
또는 무덤에 대하여

서둘지 말 것
침묵할 것

(후략)

여기저기 뙤약볕 아래 배롱나무(목백일홍)꽃이 만발합니다. 마른 가지에 무성하게 달린 꽃망울들이 참으로 황홀지경입니다. 저희 집 작은 뜰 안에서 제가 가장 아끼는 꽃도 배롱나무인데, 그 나무에게 좀 재밌는 사연이 있지요.

지난해 전주에 사는 친구가 보내온 배롱나무 분재목 두 그루를 마당에 심었더니 각기 하얀색과 붉은색 꽃을 참 곱게 피웠습니다. 겨울에 좀 더 양지바른 곳으로 옮겨 심고 정성껏 거름을 주었지요. 그런데 올봄에 그 중 한그루가 전혀 새싹이 돋질 않고 말라가는 거예요. 아무리 물을 주고 쓰다듬었지만 6월이 다 지나도록 감감무소식, 너무 아깝고 속상했습니다.

죽은 것이 틀림없다, 이제 포기하자. 결국 저는 그 나무둥치를 뽑아버렸지요. 그래도 아까운 생각에 며칠 동안 물확에 담갔다, 영 아니다 싶어 쓰레기 봉지 속에 내버렸어요. 하지만 못내 아쉬운 미련이 생겨 그 나무를 다시 꺼내들고 집 뒤뜰 구석의 응달진 곳에 그냥 내던지다시피 묻어버렸는데, 한 열흘쯤 지나 살펴보니 놀랍게도 그 나뭇가지 끝에 새싹이 돋아 있는 거였어요. 저의 조급함 때문에 하마터면 잃을 뻔한, 참으로 눈부시게 고운 생명의 싹이었지요. 지금 그 나무에 주렁주렁 꽃봉오리가 맺어 있습니다.

강은교 시인만큼 사랑을 간절하게 노래한 분이 또 있을까요? 사랑은 애지중지 쓰다듬고 요란하게 떠드는 게 아니라, 곁에서 서둘지 않고 조용히 침묵하고 있는 것, 그게 참된 사랑이라고 합니다. 혹여 지금 정성을 기울이고 애정을 쏟는 그 일이, 그 누군가가 비록 마음에 차지 않고 자꾸만 뜻을 어길지라도, 결코 서둘지 말고 침묵하면서, 그냥 꾹 참고 기다려야겠지요.

국치일 단상

무릇 개인의 개인에 대한 도덕은 사사로운 도덕이요, 개인의 사회나 국가에 대한 도덕은 공공의 도덕이다. 만일 이 두 가지 도덕의 크고 작음, 가볍고 무거움을 말한다면 물론 공공의 도덕이 무겁고 사사로운 도덕이 가벼우며, 공공의 도덕이 크고 사사로운 도덕이 작은 것이거늘, 예부터 유가의 도덕은 이를 뒤바꾸어 항상 임금과 신하의 의리, 아비와 자식의 은혜, 부부간의 예의, 친구 사이의 믿음을 말하니, 이는 모두 개인 개인의 서로 관계되는 사사로운 도덕뿐이지, 국가에 대하여 어떻게 하며 사회에 대하여 어떻게 하라는 설명은 없도다. 이러므로 이 교육 밑에서 성장한 국민이, 사사로운 도덕은 볼 만한 데가 있으나 공공의 도덕은 너무 없도다. 연전에 강상우인江上友人이 나에게 말하기를, "이제 한 동네에서 존경받는 어른을 때리는 사람이 있다 하면 시비가 벌떼같이 일어나지만, 만일 국기에 대하여 침 뱉는 사람이 있으면 이에 대하여 분노할 사람이 없을 것이니, 무릇 이천만 동포의 정신적 대표가 되는 국기에 대한 존경이 한 동네의 어른만 못함은 예부터 내려오는 윤리의 폐단이다." 하거늘 내가 이 말에 깊이 탄복하였다. 아, 우리 국민이 아비가 아들 사랑하듯이, 서방이 아내 사랑하듯이, 그 나라를 사랑하는 공공의 도덕이 있었으면 1910년 8월 29일의 그날이 그렇게 적막하지는 아니하였을 것이다.

−신채호의 글, 〈도덕〉 중에서

8월 29일은 바로 국치일입니다. 일제에 나라를 '도둑맞은' 그때가 1910년 경술년이니 벌써 100년이 넘었고, 또 그 일제의 패망으로 마치 '도둑같이' 뜻밖에 해방을 맞은 지도 이미 환갑이 훌쩍 지난 이제, 국치일에 다들 무관심해진 듯합니다.

그렇지만 일제 36년, 조국의 부끄러운 역사에 무감각하다는 건 더 심각한 부끄러움이 아닐까 생각합니다. 자기와 제 가족만 아는 이기심의 노예로 살면서 사회나 국가 문제는 아예 뒷전이고, 국민윤리나 공공도덕 같은 공공심公共心이 점점 실종되어 가는 세태가 참으로 걱정입니다.

며칠 전 어느 신문에, 일제 당시 삼절三節 중의 한 분인 단재 신채호 선생의 이야기가 실렸더군요. 조국광복을 위해 자신의 모든 것을 바쳤던 선생이 광복 후 64년 만에야 우리 국적과 호적을 찾게 되었다고 하는데, 그분과 유족들에게 국가유공자의 예우는커녕 최소한의 국민 된 도리를 지키지 못했다는 자괴감이 들었지요.

선생이 생전에 우리 국민에게 강조한 것이 바로 공공심이었습니다. 지구촌 유일의 분단국가에서, 지역과 계층과 이념으로 다시 갈라지고 이해타산으로 온통 찢겨진 채 허울로만 한 나라의 국민인 양 살고 있는 지금 우리도 역시 마찬가지가 아닐지요? 독립운동의 죄목으로 10년 형을 선고받고 복역 중에도 끝까지 일제에 저항하며 절개를 지키다 순국하신 선생의 넋을 기리며, 공공의 도덕을 깨우치신 그분의 말씀을 차분히 마음에 담아봅니다.

아름다운 동행

정상인(?)들의 입장에서 보면 다운증후군 환자의 지능은 거의 형편없고, 집중력이 떨어져 산만하며, 모습마저 오래된 몽고사람의 얼굴 형태를 가지고 있는 것처럼 보인다. 하지만 그들의 표정이나 행동은 하늘이 보낸 천사가 아닐까 싶을 정도로 맑고 깨끗하다.

다운증후군인 사람들을 조금만 가까이서 이해하고 지켜보면, 이 사람들이 우리가 평소에 갖지 못한 것들, 즉 웃음, 배려, 사랑, 헌신을 얼마나 많이 가지고 있는지에 놀라게 된다. 심지어 중증 장애인 복지 시설에서 다른 장애인들을 돌보게 하면 정성으로 사랑하고 아끼고 보살피는데, 정말 그것은 보지 않은 사람은 믿기 어려울 정도로 지극하다.

사람은 그런 것일까?

사람은 많이 배우고 성공할수록 타인과의 벽을 높이 둘러쌓는다. 재벌들은 남산 아래 마을을 이루고 골목 어귀마다 경비원을 두고 담을 높여 마치 다른 세상에서 사는 것마냥 군다. 담과 집과 집 사이를 지하도로 이동하고, 수십 명의 경호원에 둘러싸여 거리를 지나간다. 또 권력자는 매일 누군가에게 화내고, 누군가를 이용해 방해되는 다른 누군가를 칠 궁리를 하면서 살아간다. 가지는 게 많아질수록 잃어버리는 일상들…… 그렇게 살아가는 이들이 과연 일상의 미학을 이해할 수나 있을까. 가질수록 포기해야 하는 것이 바로 사람냄새가 아닌가!

–박경철 지음, 《시골의사의 아름다운 동행 2》 중에서

가장 정직한 사랑의 방법은 '함께 걸어가는 것'이라고 합니다. 함께 걷는 동행의 모습, 참 아름답지요. 혼자 걷는 길은 왠지 불안하고 쉬 지쳐 보이지만, 함께 걷는 길은 언제나 넉넉하고 편안해 보입니다. 동행하는 사람들은 서로 상대방의 처지를 먼저 생각하고 마음을 나누기 때문일 것입니다.

일찍 세상을 떠난 친구 한 사람과 제가 생전에 산행을 자주 했었는데, 그 친구가 중도에서 자꾸 힘들다며 쉬어 가자고 할 때마다 저는 평소 그의 운동부족을 나무라곤 했습니다. 그런데 그때 친구의 몸 안에 무서운 병이 자라고 있었던 걸 나중에야 뒤늦게 알았지요. 친구를 제대로 배려하지 못한 게 너무 마음에 걸립니다. 저의 기준으로만 친구를 바라보았으니, 저는 그와 함께 걸었으되 결코 동행한 것이 아니었습니다.

며칠 전 지리산을 종주한 어느 지인에게서, 그가 산행 중 노

고단 산장에서 우연히 만났다는 서울 교사들 일행의 이야기를 전해 들었지요. 그들은 중산리에서 시작해 노고단까지 오는데, 일행 중 몸이 비대해 산행하기 힘든 친구 한 사람을 위해 느긋이 일정을 잡느라고 중간에 대피소마다 모두 들러서 하루씩 묵고 왔다더군요. 얼마나 멋진 동행인가요.

아내가 사다 준 박경철의 《시골의사의 아름다운 동행 2》을 단숨에 읽었습니다. 고통받는 환자들과 같이 아프고, 기쁨도 슬픔도 함께하며, 진솔한 마음을 나누면서 거친 인생길을 동행하는 시골의사의 모습이 정말 아름다웠지요. 다운증후군을 지닌 장애인이면서도 지극한 정성으로 다른 장애인을 돌보는 사람, 남보란 듯 많이 배우고 부와 힘을 가지고 있으면서도 아예 타인과 벽을 쌓고 사는 사람, 누가 진정으로 행복한 삶이고 사람답게 사는 것일까요? 나는 또 과연 어느 쪽일까요?

별을 바라보며

신화를 만들어 낸 고대인들도 잘 알고 있었듯이 사람은 대지의 자녀인 동시에 하늘의 자녀이기도 하다. 지구에서 살아오는 동안 인류는 못된 진화적 습성을 많이 길러왔다. 호전성, 그릇된 관습, 지도자에 대한 무조건적 복종, 이방인에 대한 이유 없는 적개심같이 오랫동안 유전돼 온 못된 요소들은 인류의 생존 자체를 크게 위협하고 있다. 그러나 우리는 남을 측은히 여길 줄 아는 좋은 천성도 갖고 있다. 우리는 자식을 사랑할 뿐만 아니라 자식의 자식도 아낀다. 역사에서 무언가를 배우려 노력하고 지적인 것을 향한 불 같은 열정을 가지고 있다. 이것들은 인류에게 영원한 생존과 번영을 확실히 약속할 도구요 방편이 될 것이다.

못된 습성과 좋은 천성 중에서 어느 쪽이 우리 마음을 지배할지는 확실하지 않다. 특히 미래를 보는 우리의 눈이 지구에 고착돼 있다거나 이해득실을 계산하는 마음이 지구의 어느 한 지역에만 묶여 있다면 결국 저 못된 습성이 사랑의 마음과 이성의 예지를 지배하게 될 것이다. 그러나 광막한 코스모스의 바다 속에 감춰진 새로운 세상과 가능성이 우리를 기다리고 있다. 외계 문명의 존재에 대한 확실한 증거를 우리는 아직 갖고 있지 않다. 우리 인류 문명의 운명은 결국 화해할 줄 모르는 증오심 때문에 자기 파괴의 몰락으로 치닫게 되는 것은 아닌가 걱정된다. 하지만 우주에서 내려다본 지구에는 국경선이 없다. 우주에서 본 지구는 쥐면 부서질 것만 같은 창백한 푸른 점일 뿐이다. 지구는 극단적 형태의 민족 우월주의, 우스꽝스러운 종교적 광신, 맹목적이고 유치한 국가주의 등이 발붙일 곳이 결코 아니다. 별들의 요새와 보루에서 내려다본 지구는 눈에 띄지도 않을 정도로 작디작은 푸른 반점일 뿐이다. 이렇게 여행은 시야를 활짝 열어준다.

―칼 세이건 지음, 홍승수 옮김, 《코스모스》 중에서

우리나라 최초의 우주 발사체 나로호의 도전이 아쉽게도 실패로 끝났습니다. 이 땅에서 핵 전쟁의 공포를 물리치고 평화의 우주시대로 도약하고자 하는 우리 모두의 꿈이 곧 반드시 실현되기를 간절히 기원합니다.

마침 올해는 유네스코가 지정한 '세계 천문의 해'입니다. 문득 생각해 보니 밤하늘에 빛나는 별을 헤어본 일이 아주 아득한 옛 추억이 되었네요. 바쁜 생활에 쫓기다 보니 일상 밖의 세계에는 눈 돌릴 마음의 여유가 없는 탓이겠지요. 하긴 인공의 불빛과 공해 때문에 도시의 하늘에서 별 헤는 일 자체가 아예 어렵게 되었지만요.

김광섭 시인이 '저렇게 많은 별 중에서 / 별 하나가 나를 내려다본다 / 이렇게 많은 사람 중에서 / 그 별 하나를 쳐다본다 / (중략) / 이렇게 정다운 / 너 하나 나 하나는 / 어디서 무엇이 되어 / 다시 만나랴' 라고 노래했지요. 희미한 별빛일망정 흐린 눈 크게 비벼 뜨고, 고개 들어 밤하늘 속의 나의 별을 찾아봅니다. 별을 바라보는 일은 영혼의 자유에로 여행하는 것, 아직 더운 피가 끓는 가슴속에 청춘의 꿈을 불러오는 것이지요.

오래전에 사두었던 칼 세이건의 《코스모스》라는 책을 며칠 동안 인내심으로 읽었습니다. 저 광막한 우주의 신비로운 질서와 경건한 조화에 새삼 머리 숙이고, 그 가운데 부질없이 떠다니는 초라한 이 지구라는 별 속에서 서로의 증오심 때문에 스스로 파멸의 길로 치닫고 있는 인류의 운명에 전율합니다.

진정한 성공

자주 그리고 많이 웃는 것
현명한 이에게 존경받고,
아이들에게서 사랑받는 것
정직한 비평가의 찬사를 듣고,
친구의 배반을 참아내는 것

아름다움을 식별할 줄 알며,
다른 사람의 장점을 발견하는 것
튼튼한 아이를 낳든
한 뙈기의 정원을 가꾸든
사회 환경을 개선하든
자기가 태어나기 전보다
조금이라도 더 나은 세상을 만들어 놓고 떠나는 것
자신이 한때 이곳에서 살다간 덕분에
단 한 사람의 삶이라도 더 행복해지는 것

이것이 바로 성공이라네.

−랠프 월도 에머슨의 詩, 〈성공이란〉 전문

'국민성공시대'를 맞아 학교와 방송가에서 '성공학' 강좌가 인기를 끌고, 서점마다 성공을 위한 길잡이 책들이 즐비합니다. 성공, 누구나 쉽게 입에 올리지만 너무 멀게만 느껴지는 그런 단어이지요.

누가 큰돈을 벌고, 회사 중역이 되고, 귀한 명예를 얻었다는 이야기, 누구네 자식이 명문대에 합격하고, 일류회사에 취직하고, 무슨 박사가 되었다는 이야기 등등 온통 성공한 사람들의 풍성한 이야기에 우리는 공연히 주눅 들고 어깨만 늘어뜨리게 됩니다. 그런데 이런 성공 스토리는 한결같이 '자기들'만의 이야기에 불과하지요.

인생의 반환점을 홀쩍 넘어선 지금, 세상을 바라보는 눈이 자기 안에 그대로 머물러 있으면 너무 삶이 허무할 듯합니다. 자기만의 울타리를 넘어 어려운 이웃들에게, 그리고 어두운 사회와 위기 속의 자연을 향해 눈을 돌린다면 성공의 모습도 좀 달라지지 않을까 싶습니다.

미국의 초월주의 시인인 랄프 월도 에머슨은 짧은 시편을 통해 '진정한 성공'이 무엇인지 우리에게 잘 깨우쳐 줍니다. 돈과 명예와 권세가 아니라, 그저 웃고 칭찬하고 마음 나누는 일, 비록 작은 기여일지라도 이웃과 사회를 위해 힘을 보태는 일이라고 말하고 있지요. 나 때문에 단 한 사람의 삶이라도 더 행복해지는 것, 그런 성공이라면 우리도 할 만하지 않나요?

보름달을 보며

상한 갈대라도 하늘 아래선

한 계절 넉넉히 흔들리거니

뿌리 깊으면야

밑둥 잘리어도 새순은 돋거니

충분히 흔들리자 상한 영혼이여

충분히 흔들리며 고통에게로 가자

뿌리 없이 흔들리는 부평초 잎이라도

물 고이면 꽃은 피거니

이 세상 어디서나 개울은 흐르고

이 세상 어디서나 등불은 켜지듯

가자 고통이여 살 맞대고 가자

외롭기로 작정하면 어딘들 못 가랴

가기로 목숨 걸면 지는 해가 문제랴

(후략)

한가위 보름달이 휘영청 밝습니다. 보름달은 아주 넉넉하게 가득 채워진, 그야말로 풍요로움의 형상이지요. 그런데 예전엔 그저 들뜬 마음으로 꿈을 꾸듯 바라보던 만월이 이제 꼭 그렇게만 느껴지지 않는 까닭은 무엇일까요? 동심이 노심이 되고, 삶의 고단함, 세월의 아쉬움, 사랑의 쇠잔함, 뭐 이런 것들 때문일까요.

우리는 더 많이 가지고 혼자 누리려고만 기를 씁니다. 그 바람이 채워지지 않으면 절망하고 스스로 불행하게 생각하지요. 그리고 내가 가진 열의 아홉은 누군가에게서 받은 것이라는 사실, 내가 얻은 부와 명성만큼 다른 누군가는 궁핍으로 고통 받고 실패에 좌절하고 있다는 것을 아예 까맣게 모르고 삽니다. 보름달, 더함도 덜함도 없이 온 누리를 고르게 비치는 그윽한 달빛이 그런 우리들 마음에 '각성覺醒의 불'을 켭니다.

마음의 눈이 없으면 사랑이 필요한 자리가 절대 보이지 않는다고 하지요. 가난한 살림에 지치고, 육신의 고통에 시달리고, 영혼의 상처에 울고 있는 사람들이 우리와 가까운 이웃에 너무나 많이 살고 있는데, 그들이 얼마나 우리의 사랑에 목말라하는지 도통 무감각하게 지냅니다. 보름달, 낮은 데로 흐르는 고요한 달빛이 그런 우리들 마음에 '연민憐憫의 불'을 켭니다.

고정희의 시 〈상한 영혼을 위하여〉. 각성과 연민의 불을 마음에 밝히고, 친구들과 함께 나누고 싶은 시입니다. 어떤 판사가 세상 사람들로부터 버림받고 병든 몸으로 배가 고파 남의 집에 들어가 단돈 12만원을 훔친 어느 30대 여성 피고인에게 법정에서 이 시를 읽어 주었다지요. 혹여 마음 팍팍하고 쓸쓸하시다면 자, 저 밝은 보름달 아래로 나가봅시다.

한글날 유감

세종이 백성을 위하여 글자를 만들어 반포하는 데 가장 반대한 것이 누구냐 하면 집현전 학사들이었다. 그들은 장차 나라를 맡아 정치할 사람들이다. 그러면 그 정치가 어떠한 것인가 짐작할 수 있지 않나? 이렇게 생각하면 세종은 과연 어진 이였다. 그는 족보로 된 임금이 아니다. 전주 이씨의 임금이 아니라 하늘이 낸 임금이었다. 그가 정음正音을 짓고, 모든 책의 언해諺解를 만든 것은 모두 민중을 위한 것이었다. 정말 민족 걱정을 한 이요, 정말 민생 걱정을 한 이다. 어쩌면 그런 어진 마음이 이 역사에도 났을까? 공자가 관중管仲의 역사적 공로를 칭찬하여 "이 사람이 아니었더라면 내가 오랑캐가 되었을 것이야!" 하였다지만, 오늘 우리야말로 이 사람이 아니고, 그저 짜먹자는 그놈들만 있었다면, 정말 짐승을 못 면하였을 것이다.

―함석헌 지음, 《뜻으로 본 한국역사》 중에서

한글날이 공휴일도 아니고, 이젠 그냥 잊고 지나치기 일쑤입니다. 올해도 그렇게 흘려보낸 주제에 무슨 말을 하리요만은, 새로 단장된 광화문 광장에 펼쳐진 꽃밭에 버젓이 '플라워 카펫'이란 팻말이 서 있는 모습을 바라보자니, 그 앞에 앉아 계신 세종대왕을 뵙기가 여간 죄스럽지 않네요.

독일 시인 괴테는 "한 나라의 정신은 말과 글에 있다." 했고, 철학자 피히테도 "순수한 국어를 살려 쓰는 민족은 번영하고 그러지 못한 민족은 망한다."라고 했지요. 새삼 한글의 소중한 가치를 떠올리며, 우리의 최고 문화유산인 한글을 바로 알고 바로 쓰는 일이 곧 애국의 길이요, 우리의 얼을 지키고 우리 문화를 고양시키는 원동력임을 스스로 일깨워 봅니다.

그런데 이런 한글의 실용가치에 못지않게 한글의 탄생 내력에도 주목해야 하겠지요. 세종 당대의 상류 지배층·양반 지식인들은 자기들만 어려운 한자를 배우고 익혀 서로 소통하면서, 오로지 자신의 수족에게만 그 독점적인 문자권력을 상속시키고자, 누구나 배우기 쉽고 쓰기 쉬운 글자를 새로 만드는 데 거칠게 반발하지요. 세종은 그 저항을 물리치고 오직 어리석은 민초들의 문맹을 깨우치려는 일념에서, 자신의 실명 위험을 무릅써가며 끝내 한글을 창제합니다. 훈민정음 반포문 그대로, '백성의 고통을 어여삐 여기는' 정치의 전형입니다.

요즘 '국민을 섬기는 정치'의 목소리가 높지만, 왠지 섬긴다는 말이 공허하게 들려올 뿐입니다. 오랜만에 함석헌 선생의 역사책을 꺼내 읽으며, 세종이 민중을 위하고 민생을 걱정하는 마음에서 한글을 만들었듯이, 부디 이 나라에 진정으로 국민을 위하고 아끼는 참다운 정치가 실현되기를 간절히 기도해봅니다.

부드러운 힘

말랑말랑한 흙이 말랑말랑한 발을 잡아준다
말랑말랑한 흙이 말랑말랑 가는 길을 잡아 준다

말랑말랑한 힘
말랑말랑한 힘

-함민복의 詩, 〈뻘〉 전문

예전에 골프를 할 때 종종 경험한 일인데, 한 라운드 내내 볼이
안 맞아 혼자 씩씩거리다 '이 놈의 골프 당장 집어치워야지' 하
고 체념하고 나면 그때 비로소 온몸이 축 늘어져 힘 빠진 상태
에서 시원한 굿샷이 터져 금세 다음번 골프 약속을 하곤 했습니
다. 모든 운동경기가 마찬가지지요. 진정한 힘은 힘이 빠져야
생긴다는 그 모순, '부드러움이 강함을 이긴다(以柔制强)'는 그 이
치 말입니다.

　부드러움의 위력은 생각의 경우에도 똑같이 통하지요. 세상

을 살면서 이런저런 일로 부딪치는 사람들과의 사이에 서로 소통하고 설득하고 문제를 해결하는 데는 무엇보다 유연한 사고가 최선의 덕목인 것 같습니다. 아무리 뛰어난 사람도 생각이 경직되면 결국 편협과 독선에 빠져 아무 것도 이룰 수 없고 어디에도 이를 수 없는 불쌍한 신세가 되고 말테니까요.

'사랑은 온유함'이라는 성경 가르침도 있지만, 부드러움은 곧 사랑의 본질이기도 합니다. 어느 옛 영화 속에서 들었던 대사인데, 누구나 사랑하는 사람에게서 가장 받고 싶은 것은 '존중과 부드러움(respect and tender)'이라고 하더군요. 존중이야 인격적인 만남에서 너무나 당연한 것일 테고, 상대방을 위하고 아끼는 마음의 부드러움이야말로 참사랑의 원형질이겠지요. 그러고 보니, 내 걸어온 지난날의 사랑은 얼마나 뻣뻣하고 거칠었던지 절로 한숨이 나올 뿐입니다.

시인의 〈뻘〉이라는 짧은 시편 속에 '말랑말랑한 힘'이라는 시구가 시커먼 뻘 속에서 빛나는 물고기 비늘처럼 돋보입니다. 말랑말랑한 흙의 그 부드러운 힘이 내 발을 잡아주고 가는 길을 잡아주는 생명의 힘이라고 노래하지요. 내 몸을 곧추세우고 내 생각을 바로 갖게 하는 진정한 힘이 모두 부드러움에서 비롯된다는 뜻이겠지요. 그리고 정말 잊지 말아야 할 것, 부디 부드럽게 사랑할 일입니다.

안중근 의사를 기리며

"지금은 우리들이 제 몸과 가족만 돌보고 있을 때가 아니므로 나는
집과 나라를 멀리 떠나 여러 곳으로 돌아다니며 나라 일을 위해 목숨
을 바치기로 맹세하였다. 모사謀事는 사람이 하는 것이지만 성사 여
부는 하늘에 달렸으니, 내가 어찌 성사 여부를 미리 짐작할 수 있겠
느냐? 옛적부터 꼭 성공할 수 있다 하여 사업에 착수한 영웅호걸이
란 없다. 그들은 오로지 자기의 열성과 굳센 의지로 백번 좌절당하여
도 굽히지 않았으며 목적을 달성하지 않고서는 그칠 줄 몰랐다.

나 역시 그렇게 할 뿐이다. 우리나라 사회에서 가장 부족한 것이 단
합인데, 이것은 사람들이 겸손의 미덕이 적고 허위와 교만으로 일을
처리하며, 남의 위에 있기를 좋아하고 남의 밑에 있기를 싫어하기 때
문이다. 나는 너희들이 허심하게 좋은 것을 배워 익히고 자기를 낮추
고 남을 존중하며 사회에 해독을 끼치지 않기를 바란다."

-김삼웅 지음, 《안중근 평전》 중에서

오늘은 안중근 의사가 일본의 이토 히로부미를 조선의 적으로 처단한 지 꼭 100년이 된 날입니다. 아직도 안 의사의 유해조차 찾지 못한 터에, 고인을 기리는 메아리만 속절없이 높아갑니다.

안 의사는 일제가 조선을 병탄하려는 야욕을 드러내자 단신으로 고국을 떠나 독립투쟁의 험난한 길에 뛰어들었지요. 그리고 1909년 10월 26일, 드디어 중국 땅 하얼빈 역에서 조국의 독립을 짓밟는 일제의 수괴 이토를 죽이고 그 자리에서 일본경찰에 붙들려 갔다가, 끝내 32세의 나이로 여순 감옥에서 형장의 이슬로 사라졌습니다.

어느 누가 '호생오사好生惡死' 하지 않으리요만, 그는 참으로 당당하게 살다가 의연하게 죽음을 맞았습니다. 조르조 바사리가 말했다지요. "때로 하늘은 인성人性뿐 아니라 신성神性까지 갖춘 인간을 우리에게 내려 보낸다."고요. 안 의사의 고결한 삶의 인성과 거룩한 죽음의 신성에 새삼 머리가 숙여집니다.

안 의사의 전기 속에서 그가 30세 되던 해, 노모와 아내, 자식 둘과 동생 둘을 고향에 남겨둔 채 간도 땅에서 의병 항일전쟁을 일으키고자 망명길에 오르던 날, 작별하는 동생들에게 당부했던 이야기를 읽으면서 그가 그토록 목숨 바쳐 구하고자 한 조국이 지금 우리에게는 과연 무엇일까, 이런 질문을 스스로 던져봅니다.

산소 가는 길

(전략)

이 세상 사는 동안 모두 크고 작은 사랑의 아픔으로

절망하고 뉘우치고 원망하고 돌아서지만

사랑은 다시 믿음 다시 참음

다시 기다림 다시 비워두는 마음으로

하나가 되어야 한다는 것입니다

사랑으로 찢긴 가슴은

사랑이 아니고는 아물지 않지만

사랑으로 잃은 것들은

사랑이 아니고는 찾아지지 않지만

사랑으로 떠나간 것들은

사랑이 아니고는 다시 돌아오지 않지만

비우지 않고 어떻게 우리가
큰 사랑의 그 속에 들 수 있습니까
한 개의 희고 깨끗한 그릇으로 비어 있지 않고야
어떻게 거듭거듭 가득 채울 수 있습니까

영원히 사랑한다는 것은
평온한 마음으로 다시 기다린다는 것입니다

-도종환의 詩, 〈영원히 사랑한다는 것은〉 일부

지난 주말에 추석 때 가지 못한 성묫길을 나섰습니다. 유난히 높고 맑은 하늘 아래 황금빛 들녘이 펼쳐지고, 온 산에 '초록이 지쳐' 단풍이 막 물들기 시작하는, 눈부신 가을날이었지요. 여산礪山의 선친과 화산華山의 장모님 산소를 찾아가는 길은, 일상의 성을 벗어나 오랜 옛 사랑을 추억하고 어지러워진 마음을 차분히 가라앉히는, 아름다운 가을여행이었습니다.

꼭 10년 전에 떠나신 선친과 올봄에 갑자기 서둘러 가신 장모님, 두 분은 제게 너무 귀하고 큰 사랑을 베풀고 가셨지요. 이 세상에 둘도 없는 자식인 양, 누구보다 가장 믿고 좋아하는 사람으로 못난 저를 마음에 두고 사신 분들이셨습니다. 세월이 갈

수록 두 분의 사랑이 더 간절해지고, 특히 두 분이 먼 길 떠나실 무렵, 꺼져가는 희미한 의식 속에서도 제게 보여주신 그 무량한 신뢰와 애정을 생각할 때마다 마음이 절로 통절해집니다.

부모님들이 한 분 한 분 우리 곁을 떠나시거나 떠나실 채비를 하는 그런 시절입니다. 사랑하는 사람들과의 이별을 연습해가면서, 이렇게 우리도 조금씩 죽음에 가까워지는 것이겠지요. 누구든 삶 속에서 죽음과 더불어 살아간다는 걸, 그리고 모든 사랑이 언젠가 헤어질 수밖에 없고, 그래서 사랑의 본질은 슬픔이고 아픔이란 걸 예전에 미처 몰랐습니다.

두 분의 산소에서 낙엽을 밟으며 문득 이 시편을 떠올렸습니다. 사랑은 다시 믿고, 참고, 기다리고, 비워두는 마음으로 하나가 되는 것이라지요. 아베 피에르 신부가 말했던가요. "산다는 것은 사랑하는 법을 배우고, 영원한 사랑과의 영원한 만남을 준비하기 위해 주어진 약간의 시간일 뿐이다."라고 말입니다. 죽음은 물론 결별이지만, 한편으로 영원한 사랑을 위한 새로운 시작이 아닐까요?

충무공 만세!

그가 비로소 무과에 급제하여 훈련원 봉사에 임명되었다. 그때 병조판서 김귀영이 서출인 자기 딸을 이순신에게 첩으로 주려 하였으나 그는 거절하였다. 다른 사람이 그 까닭을 묻자 그는 이렇게 대답했다. "내 처음 벼슬길에 올랐는데, 어찌 권세 있는 집안에 의지하여 승진하기를 원하겠는가?"

(중략)

병조정랑 서익이 훈련원에 근무하는 자기 친구를 서열을 무시한 채 추천하고자 했다. 훈련원 장무관이었던 이순신은 안 될 일이라고 주장했다. 서익은 그를 불러내어 뜰아래 세워 놓고 문책했다. 그러나 이순신은 낯빛 하나 변하지 않은 채 뜻을 굽히지 않았다. 서익은 점점 더 화가 나 큰소리를 질렀으나 그는 여전히 변치 않았다. 날이 저물 무렵, 서익은 얼굴이 붉어지면서 결국 그를 돌려보내고 말았다.

(중략)

이순신이 옥에 갇혔을 때에는 장차 어찌될 것인지 알 수가 없었다. 그러자 한 간수가 그의 조카 이분에게 은밀히 말했다. "뇌물을 쓰면 죄를 면할 수 있을 터인데……." 이 말을 들은 이순신은 크게 화를 내며 이분에게 말했다. "죽으면 죽었지, 어찌 도리에 어긋난 짓을 해서 살기를 바라겠느냐?" 그의 뜻이 이와 같았던 것이다.

—류성룡 지음, 김흥식 옮김, 《징비록》 중에서

1597년 바로 오늘(음력 9월 16일). 이순신 장군은 진도 앞바다 울돌목에서 고작 12척의 전선만으로 133척이나 되는 대선단大船團의 왜 수군에게 완벽한 승리를 거둡니다. 그 유명한 명량해전이지요. 이 전투에서 이순신 장군은 뛰어난 지략과 용기로 일척간두의 나라를 구했습니다.

명량해전의 승리는 장군이 임진란 당시 거둔 23전 23승의 전적 중 하나로, 세계 해전사에 전무후무한 그야말로 불가사의한 기록이라고 하지요. 죽음을 불사하고 아예 불가능에 도전하여 거둔 승리이기에 더욱 천추에 길이 빛날 것입니다. 그런데도 장군은 그날 자신의 난중일기에 "이것은 실로 천행이다", 이렇게 단 한 마디를 남길 뿐입니다.

그 후 조정이 자신을 일체의 포상과 승진에서 제외시키는데도 전혀 개의치 않고, 또 바로 한 달 후에 참패한 왜적들이 자신의 고향인 아산고을을 찾아가 본가에 불지르고 21살의 아들을 죽이는 만행을 저질렀는데도 결코 흔들림 없이, 장군은 다시 군비를 갖추고 군사를 모아 전선으로 나아갔습니다.

충무공의 이런 행동은 과연 어디서 나온 것일까요? 일찍이 장군을 천거했던 서애 류성룡의 《징비록》을 읽어 보니, 그 맨 끝부분에 서술된 충무공과 관련한 세 가지 일화 속에서 얼핏 그 해답이 짚어집니다. 범인들이 감히 흉내조차 내기 어려운, 장군의 그 위대한 용기와 대의를 좇는 희생정신은 바로 고결하고 청렴한 뜻에서 자란 것인 듯싶습니다.

최상의 아름다움

내게 세 가지 보물이 있어 이를 지니고 보존합니다.

첫째는 '자애(慈)'

둘째는 '검약(儉)'

셋째는 '세상에 앞서려 하지 않음(不敢爲天下先)'입니다.

자애 때문에 용감해지고,

검약 때문에 널리 베풀 수 있고,

세상에 앞서려 하지 않음 때문에 큰 그릇들의 으뜸이 될 수 있습니다.

이제 자애를 버린 채 용감하기만 하고

검약을 버린 채 베풀기만 하고

뒤에 서는 태도를 버린 채 앞서기만 한다면

이는 사람을 죽이는 일입니다.

자애로 싸우면 이기고, 자애로 방어하면 튼튼합니다.

하늘도 사람들을 구하고자 하면

자애로 그들을 호위합니다.

-노자 원전, 오강남 풀이, 《도덕경》 중에서

누구든 '아름답다'는 말을 듣고 싶어하지요. 성형수술하고, 다이어트하고, 명품으로 치장하고, 온통 외모의 아름다움에 집착합니다. 마치 세상의 가치 기준이 아름다운 것과 그렇지 못한 것으로 구분되는 양, 그렇게 보이지요. 그러나 정작 어떤 게 아름다운지에 대한 대답은 사람들마다 모두 제각각입니다.

저는 우선 자연미가 좋습니다. 꾸밈없이 있는 그대로의 자연스런 모습이 정말 마음에 듭니다. 짙게 화장한 여자 얼굴보다 소박한 민낯이 훨씬 친근하지요. 원래 '아름답다'는 말의 어근이 되는 '아름'이 '나(我)'를 뜻하는 옛말에서 유래한 것이라는데, 그냥 '나'다운 것, 본래 지닌 자신의 모습을 당당하게 보여주는 것이 참된 아름다움이 아닐까요?

그러나 다 드러내고 아낌없이 보여주는 것으론 사람의 마음을 움직이기에 어딘지 미흡한 것 같습니다. 오히려 말을 아끼고 행동을 참아내며 지극히 삼가는 모습, 이런 절제 있는 언행이 속내를 밖으로 여실하게 보여주는 행동보다 훨씬 울림이 크고 끌림이 더하지요. 그러고 보니 무엇보다 절제미가 최상의 아름다움이지 싶습니다.

침대 머리맡에 둔 《도덕경》을 읽으니 일찍이 노자가 뽐낸(?) 자신의 세 가지 보물도 기실 절제의 아름다움에 다름 아닙니다. 요란하게 드러내지 않고 잔잔하게 베푸는 사랑(慈)도, 헤프지 않

고 아끼며 가지런한 씀씀이(儉)도, 세상 앞에 나서지 않고 조신
하게 삼가는 행동(不先)도 모두 우리 삶을 빛내는 절제미가 아닐
까요?

빛나는 노블레스 오블리주

"슬픈 일이외다. 세상 사람들이 우리 가족에 대하여 말하기를, 대한 공신의 후예여서 나라의 은혜와 세상의 두텁던 덕이 한순간에 없어졌다고 합니다. 우리 6형제는 나라와 같이 휴척休戚할 반열에 있는 것이지요. 한일합방의 괴변을 당하여 이 땅의 산이며 강은 왜놈들에게 넘어가고 말았으니 말입니다. 이에 대대로 명문이란 소리를 듣는 우리 가문이 왜놈의 치하에서 노예가 되어 생명을 이어간다면 어찌 짐승과 다르다 하겠습니까. 그리하여 우리 형제는 당연히 죽고 사는 것을 따지지 말고 나이 든 이와 젊은이, 어린이들을 인솔하여 중국으로 망명하는 것이 좋을 듯합니다. 식구들을 먼저 옮기고 나서 나는 동지들과 상의하여 국경 부근에 흩어져 독립운동을 하는 사람들을 모으려 합니다. 그리하여 먼 훗날 하늘이 우리를 도와 왜적이 파면하고 조국이 광복되도록 목숨을 바칠 것입니다. 이것이 대한의 민족 된 사람의 신분이요, 또한 왜적과 피 흘리며 싸운 백사白沙 이항복 공의 후손된 도리라고 믿습니다. 원컨대 형님들과 아우님들은 제 뜻에 거스름이 없으시다면 우리 형제 모두 날을 잡아 하루라도 빨리 떠났으면 합니다."

−조용헌 지음, 《명문가 − 한국의 노블레스 오블리주를 위하여》 중에서

'윗물이 맑아야 아랫물도 맑다'는 속담이 있지요. 요즘 고위공직자들의 청문회를 보면서, 대부분 부끄럽고 떳떳치 못한 처신에 적지 않게 실망합니다. 뭇사람의 존경을 한 몸에 받을 윗사람들이 저러할진대, 그저 낮은 데서 바라보는 우리 범인들의 마음이 괜스레 어지러워집니다.

이럴 땐 맑게 살다 가신 선인들의 이야기가 청량제이지요. 우리나라 대표적인 명문가인 우당 이회영 선생 집안의 6형제는 1910년 일제의 강점으로 합방이 이루어지자, 전 재산을 40만 냥(요즘 돈으로 약 600억 원)에 처분한 뒤 60명의 식솔을 이끌고 만주로 망명하였지요. 우당 형제는 그 돈으로 신흥무관학교를 세워 독립운동의 인재들을 양성합니다. 우당 형제야말로 '노블레스 오블리주'의 참 모습을 보여주신 분들이지요.

우당 선생 같은 분의 희생정신이 그 당시 주변 열강들의 지배 야욕으로부터 우리나라를 지켜냈다고 하겠지요. 그리고 그런 정신이 오늘에 살아있는 한 우리 민족의 미래는 결코 어둡지 않을 것입니다. 설사 일시적인 혼돈과 정체, 역류와 우회는 있을

지언정 이 땅위에 역사의 강물은 대양을 향해 도도하게 흘러갈 것입니다.

언젠가 우당 선생과, 그의 수제자로서 함께 독립운동에 헌신했던 윤복영 선생이 우연하게도 같은 날 기일이라는 신문기사를 읽었습니다. 11월 17일이 바로 그날이지요. 우당 선생이 형제들에게 재산을 처분하고 망명을 떠나자고 권유하시던 말씀을 들으며, 그분의 숭고한 뜻을 기리고 어지러운 마음을 맑게 씻어 볼 일입니다.

연리목 앞에서

두 분이 함께 하시되 그 안에 공간이 있게 하십시오.

두 분 사이에서 하늘의 바람이 춤추게 하십시오.

서로 사랑하되 속박이 되지는 않게 하십시오.

사랑이 두 분 영혼의 해변 사이에서 출렁이는 바다가 되게 하십시오.

서로의 잔을 채워주되 한쪽 잔에서만 마시지는 마십시오.

서로에게 자기 빵을 나누어 주되 한쪽 조각만을 먹지는 마십시오.

함께 노래하고 춤추며 기뻐하되 각각 혼자이게 하십시오.

거문고 줄들이 비록 같은 노래로 함께 울릴지라도

모두 각각 혼자이듯이.

서로 마음을 주십시오. 그러나 그 마음을 붙들어놓지는 마십시오.

저 위대한 생명의 손길만이 여러분의 마음을

잡아둘 수 있기 때문입니다.

함께 서십시오. 그러나 너무 가까이 서지는 마십시오.

성전의 기둥들도 서로 떨어져 서 있고, 참나무 삼나무도

서로의 그늘 속에서는 자랄 수 없기 때문입니다.

지난 여름휴가 때 결혼 30주년을 기념한 제주도 여행길에서 마음먹은 행선지를 못 찾고 헤매다가 아주 우연하게도 무려 500년 된 비자나무 연리목連理木을 만났습니다. 한라산 동쪽 기슭에 있는 울울창창한 비자림 숲 속의 한쪽 구석진 곳에, 참으로 숭엄한 자태로 서 있었습니다.

나무의 '연리連理현상'은, 두 그루 나무가 한데 붙어 한 몸이 되어 자라는 신기한 모습이지요. 한 몸이 되면 절대 떨어지지 않고 각기 따로 있을 때보다 더 튼튼해진다는, 그래서 청춘의 사랑을 경계하는 데 종종 인용되는 것이기도 하지요. 그 신비한 연리목 앞에 아내와 함께 마주서서 오랫동안 침묵했습니다.

그런데 돌아오던 걸음을 멈추고 다시 쳐다보자니, 문득 두 나무가 서로를 구속하고 있는 모습이 여간 힘들어 보이질 않았지요. 서로 한데 엉켜 딱 붙은 채 숨 막힐 듯 서로에게 사랑을 갈구하는 게, 좀 측은하다 싶었습니다. 그들 사이에 서로 혼자만의 자유를 허용하는 '약간의 간격'이 아쉬웠지요.

나이 들수록 부부사랑이 더 간절해집니다만, 그렇다고 아예 '삼식이'처럼 딱 붙어 지낸다면, 글쎄요. 부부에게 어느 만큼의 간격은 서로 사랑을 깊게 하고 성숙시키는 데 꼭 필요한 것이 아닐까요? '사랑을 유지시키는 것은 맹목적인 밀착이 아니라 그 사이의 거리'라고 합니다.

혼자 느긋하게 솔바람길을 걷다가 잠시 바위에 앉아 배낭 속에 든 칼릴 지브란의 《예언자》를 꺼내 읽자니, 마침 그 안에도 절절한 경구가 담겨 있네요. "사랑하세요. 그러나 절대 속박하지는 마세요."라고 말입니다.

소중한 친구

만 리 길 나서는 길

처자를 내맡기며 맘 놓고 갈 만한 사람

그 사람을 그대는 가졌는가

온 세상이 다 나를 버려 마음이 외로울 때에도

'저 맘이야' 하고 믿어지는

그 사람을 그대는 가졌는가

(중략)

잊지 못할 이 세상을 놓고 떠나려 할 때

'저 하나 있으니' 하며 빙긋이 눈을 감을

그 사람을 그대는 가졌는가

온 세상의 찬성보다도

'아니' 하고 가만히 머리 흔들 그 한 얼굴 생각에

알뜰한 유혹을 물리치게 되는

그 사람을 그대는 가졌는가

−함석헌의 詩, 〈그런 사람을 가졌는가〉 일부

마지막 남은 한 장의 달력을 보고 문득 세월의 무상함을 느끼면서 겨울이 저만큼 다가오고 있는 날, 학교 동창회 송년 모임에서 많은 옛 친구들과 오랜만에 만났습니다. 이제 비록 나이 듦을 감출 수는 없지만, 한결 맑아진 얼굴과 깊어진 마음들이 참 좋은 느낌을 주었습니다.

우리에게 친구가 어떤 존재인가요? '인생고해'라고, 우리의 삶은 언제나 힘겹고 고달픈 일들이 연속되는 고통의 바다요, 우리는 저마다 외롭게 돛단배를 타고 그 바다를 건너가고 있지요. 그 고달픔과 외로움을 견디도록 힘이 되어 주는 사람이 바로 '오래오래 곁에 두고 지내는' 친구 아닌가요.

거친 삶의 바다에선 잠시만 한 눈을 팔아도 높은 파도에 휩쓸려 방향을 잃기 십상이지요. 바다 한가운데 뱃길을 밝혀주는 등대처럼, 우리를 항시 생생하게 깨어 있게 하면서 나태와 방종의 온갖 유혹들을 견디도록 이끌어주는 사람이 또한 친구입니다. 누군가의 말처럼, '내 마음의 고삐'가 되는 그런 친구이지요.

나이 들수록 친구가 더 소중해집니다. 나이 듦은 곧 그만큼 더 고달프고 외로워지고 또 유혹을 견뎌낼 힘도 쇠해진다는 것이니, 친구의 소중함이 더욱 간절할 수밖에요. 함석헌 선생의 〈그런 사람을 가졌는가〉, 제가 늘 지갑 속에 넣고 다니며 가끔씩 꺼내 읽어보는 시편입니다. 그런데 "그대는 그런 친구를 가졌는가?"라고 스스로 묻기 전에 "누군가에게 그대가 그런 친구인가?"를 먼저 물어야 하지 않을까요?

모멘토 모리!

BC 323년 6월 13일 알렉산더 대왕이 죽었다. 그때 그의 나이 서른셋이었다. 태풍처럼 휘몰아쳤던 정복자의 죽음치고는 어처구니가 없었다. 위대한 영웅이 적장의 칼이 아니라 모기에 물려 숨을 거둔 것이다. 그는 말라리아균에 감염돼 죽었다.

(중략)

열병에 걸려 죽어가는 알렉산더 대왕이 신하들에게 정치적인 유언을 마치고, 최후의 순간, 대왕은 한 사람의 인간으로 돌아갔다. "내가 죽거든 땅에 묻을 때 손을 밖으로 내놓아 사람들이 나의 빈손을 볼 수 있게 하라." 대제국을 건설했던 정복자의 손이나 보통사람들의 손이나 다를 바 없으며, 죽을 때는 모두 빈손으로 돌아간다는 사실을 그는 일깨워주고 싶었던 것이다.

(중략)

알렉산더는 생전에 수많은 영웅과 장군, 학자들을 만났다. 늙고 가난한 그리스의 철학자 디오게네스도 그 가운데 한 사람이다. "내가 알렉산더 대왕이오. 노철학자께서 원하는 것이 무엇이오?" "대왕께서 햇볕을 가리고 있으니 조금 비켜주셨으면 합니다. 햇볕이나 좀 쬐게 해주시오." 알렉산더는 몸을 비켜주면서 호탕하게 웃었다. 이것이 노철학자와 위대한 정복자의 처음이자 마지막 만남이었다. 두 사람은 서로를 알아보았다. 공교롭게도 두 사람은 같은 날 눈을 감았다.

－원재훈 지음, 《오늘, 어제, 내일》 중에서

요즘 장례식장에 들르는 일이 부쩍 잦아졌습니다. 이제 많이 연로하신 우리 부모님들은 그렇다 치고, 어제만 해도 멀쩡하게 활동하던 유명 인사나 친지들의 갑작스런 부음에 섬뜩섬뜩 놀라곤 합니다. 어느 대기업 총수 되는 분이 자살했다는 뉴스도 정말 충격이었지요.

죽음이란 문제가 결코 남의 일만은 아닙니다. 물론 사람에 따라 죽음을 모든 게 다 끝나버리는 '벽'과 같은 것으로 보기도 하고, 또 다른 삶으로 들어가는 '문'과 같은 것으로 보기도 하지요. 그렇지만 어느 것이 옳은지는 실제 죽어보지 않고는 절대 모르는 문제입니다. 분명한 것은, 벽이든 문이든, 암튼 누구나 이 세상을 떠나게 된다는 사실이지요.

'모멘토 모리(Momento mori, 죽음을 생각하자)'라고 하는 말이 문득 생각납니다. 나도 언젠가 분명히 죽을 운명의 존재라는 사실을 늘 기억하자는 말이지요. 공수래공수거空手來空手去, 어차피 빈손으로 떠나갈 인생인데, 아등바등 다투지 말고, 움켜쥐려고 용쓰지 말고, 그저 이대로 감사하고 만족하며 서로 기대고 살아갈 밖에요.

탐욕의 정복자 알렉산더 대왕과 가난한 철학자 디오게네스의 유명한 대화를 기억하시지요? 두 사람의 이야기에 귀 기울이며, 그들이 우연히도 똑같은 날에, 똑같이 빈손으로 죽었다는 사실을 한번 상기해보세요. 친구여, 모멘토 모리!

후회 없는 사랑

나는 가끔 후회한다.

그때 그 일이

노다지였을지도 모르는데……

그때 그 사람이

그때 그 물건이

노다지였을지도 모르는데……

더 열심히 파고들고

더 열심히 말을 걸고

더 열심히 귀 기울이고

더 열심히 사랑할 걸……

(중략)

더 열심히 그 순간을

사랑할 것을……

모든 순간이 다아

꽃봉오리인 것을,

내 열심에 따라 피어날

꽃봉오리인 것을!

—정현종의 詩, 〈모든 순간이 꽃봉오리인 것을〉 일부

세모를 맞으니 뒤가 더 돌아봐지고, 자꾸 후회되는 일들만 떠올려집니다. 스스로 조금은 이루었다고 생각했는데, 이제 보니 그게 참 별거 아닙니다. 직장에서 일한 성과는 그렇다 치고, 그동안 터득한 지식도 기예도 너무 보잘 것 없고, 자식교육, 재산관리, 대인관계 등등 그 어느 것 하나 만족은커녕 온통 후회스러움뿐입니다.

그러나 후회는 아무 짝에도 쓸모없는 허섭스레기 같은 것이지요. 공연히 마음만 흩뜨려놓고 몸에 힘만 빠지게 하니까요. 《나는 아내와의 결혼을 후회한다》는 수상한 제목의 책이 요즘 장안의 화제라던데 그런 후회 골백번 해본들, 고개 숙인 내 곁에서 아내는 갈수록 더 쌩쌩해지고 인생은 결코 바뀔 리 없지요. 그래도 철없이 후회하고 또 후회합니다.

후회를 먹고 사는 생물이라고, 사람은 죽는 순간까지 후회한다지요. 우스갯소린데, 사람이 대개 "껄~ 껄~ 껄~"하고 죽는

답니다. "베풀고 살 껄", "용서하고 살 껄", "재미있게 살 껄", 이렇게 죽는 순간에도 마지막 세 가지의 후회를 남긴다는 뜻이랍니다. 아무래도 앞으로 죽는 날까지 베풀고, 용서하고, 재미있게 사는 일이 그리 녹녹치 않을 것이니, 저도 필시 "껄~ 껄~ 껄~" 하고 죽겠지요.

그러나 다른 후회는 다 몰라도, "더 많이 사랑할 껄", 이런 후회는 정말 하고 싶지 않네요. 시인이 노래하는 것처럼, '모든 순간이 다 꽃봉오리인 것을', 행여 돈, 시간, 건강을 핑계 삼아 내일로 미루지 말고, 지금 바로 사랑해야지요. 꽃봉오리 피어나는 이 순간을, 지금 내 곁에 있는 그 누군가를 말입니다.

만남과 마주침

친구 사이의 만남에는 서로 영혼의 울림을 주고받을 수 있어야 한다. 너무 자주 만나게 되면 어느 쪽이나 그 무게를 축적할 시간적인 여유가 없다. 멀리 떨어져 있으면서도 마음의 그림자처럼 함께할 수 있는 그런 사이가 좋은 친구이다.

(중략)

바로 지척에 살면서도 일체감을 함께 누릴 수 없다면 그건 진정한 친구일 수 없다. 진정한 만남은 상호간의 눈뜸이다. 영혼의 진동이 없으면 그건 만남이 아니라 한때의 마주침이다. 그런 만남을 위해서는 자기 자신을 끝없이 가꾸고 다스려야 한다. 좋은 친구를 만나려면 먼저 나 자신이 좋은 친구감이 되어야 한다. 왜냐하면 친구란 내 부름에 대한 응답이기 때문이다. 끼리끼리 어울린다는 말도 여기에 근거를 두고 있다

-법정 지음, 《살아있는 것은 다 행복하라》 중에서

어느 시험장에 이런 시험문제가 나왔답니다. 고리대금업자 샤일록이 빌려준 돈을 못 받게 되자 채무자에게 약정대로 가슴팍 살 1파운드를 요구하고, 이에 재판장이 살을 베어가되 피 한 방울 나지 않게 할 것을 명하는 이야기로 유명한 셰익스피어의 희곡은? 그런데 '베니스의 상인'이라고 정답을 쓴 사람 옆에서 어떤 자가 커닝하여 답하기를 '페니스의 상인', 또 그 옆에서 커닝한 다른 자가 고상하게 답하여 가로되 '고추장수', 참 재미있는 유머이지요.

제가 지난여름 직장일로 마음앓이를 하고 난 후인데, 안됐다 싶었는지 멀리 남도에 사는 친구가 저를 위로한다고 서울 집까지 장마 빗속에 찾아왔습니다. 손에 쇠고기 몇 근을 끊어 들고서 말입니다. 천리길을 멀다않고 달려온 친구의 정이 정말 눈물나게 고마웠지요. 우린 그냥 별 말도 없이 그 고기를 안주로 소주잔을 나누었습니다. 그러다가 이내 흥이 일기에 제가 장난삼아 그 유머 문제를 친구에게 내보았지요.

그런데 이 친구가, '베니스의 상인'을 바로 곁에서 커닝한 자가 쓴 오답이 '페니스의 상인'이라고 정확히 맞춘 것까지는 좋았지요. 그것을 다시 커닝한 자가 쓴 오답은 무엇일까? 하고 묻는 내 질문에 친구가 무어라고 답했는지 아세요? 그저 일말의 주저함도 없이 '페니스의 삽입'이래요. 그 말을 듣고 전 거의

10분 동안 배를 움켜잡고 방바닥을 뒹굴었습니다. 정말 유붕有 朋이 자원방래自遠方來하여 불역낙호不亦樂乎였지요.

언제나 마음을 함께할 수 있는 좋은 친구를 보내고 나서 법정 스님의 잠언집을 꺼내 읽었습니다. 비록 멀리 떨어져 지내고 일 년에 단 한 번을 만나더라도, 서로 영혼의 울림을 주고받을 수 있어야 진정한 친구의 '만남'이고, 그런 만남이 아니면 그저 한때의 '마주침'이라는 스님의 말씀, 그리고 그런 만남을 위해 서는 자기 자신을 끝없이 가꾸고 다스려야 한다는 소중한 깨우 침에 조용히 마음 기울여 봅니다.

참 좋은 때

(전략)

구시렁구시렁 눈이 내리는

산등성 숨차게 올라가는데

칠십고개 넘어선 노인네들이

여보 젊은이 함께 가지

앞지르는 나를 불러 세워

올해 몇이냐고

쉰일곱이라고

그중 한 사람이 말하기를

조오흘 때다

살아 천년 죽어 천년 한다는

태백산 주목이 평생을 그 모양으로

허옇게 눈을 뒤집어쓰고 서서

좋을 때다 좋을 때다
말을 받는다

당골집 귀때기 새파란 그 계집만
괜스레 나를 보고
늙었다 한다

-정희성의 詩, 〈태백산행〉 일부

새해 아침, 서설이 내려 온 누리에 순백의 아름다움이 펼쳐지
고, 그 위로 백두산 호랑이의 포효 소리가 쩌렁쩌렁 울리는 듯
합니다. 아무 계획도 없이 갑자기 마음이 동하여 친구 셋이서
청계산을 종주했지요. 눈길을 걸으며 문득 새해를 맞은 내 나이
를 꼽아보고 이런저런 상념에 젖었습니다.

　지난해 말, 옛날 직장에서 모시고 일했던 어른과 점심을 같이
했었습니다. 참으로 훌륭하신 분인데, 어느새 70세가 가까워지
고 최근에 큰 수술까지 받아 꽤 황혼 빛이 드리워진 얼굴이셨지
요. 그때 그분이 제 나이를 얼추 헤아리시더니, '참 좋은 때'라
고 말씀하시더군요. 헐, 이제 직장에서 끝물이 되어 은퇴를 눈
앞에 둔 나이인데, 체력도 쇠하고 열정도 식어가는 게 안타깝고

서러워지는데, 참 좋은 때라니요?

그런데 한참 산행을 하며 혼자 깊이 생각해 보니, 지난 날 젊음의 시절처럼 무지갯빛 희망으로 마음이 설레는 일은 없더라도, 그동안 내가 스스로 속박했던 짐들, 끈질기게 집착했던 욕심들을 모두 흔쾌히 내려놓고, 허허로운 가벼움과 느긋한 자유로움을 마음껏 즐길 수 있다면, 그런대로 지금 이 나이가 좋은 때일 수도 있겠다 싶더군요.

산행을 마치고 집에 돌아와 묵은 시집을 뒤적이다가 정희성 시인의 〈태백산행〉을 읽었더니 똑같은 이야기가 담겨 있네요. 시인도 마침 우리와 같은 연배 되는 나이의 '참 좋은 때'였습니다. 이제 포기할 것은 포기하고, 체념할 것은 체념하면서, 자신의 처지와 운명에 자족하는 당신, 아무리 새파란 것들이 늙었다고 해도, 분명히 참 좋은 때입니다.

출사표出辭表의 변

속담에 '벼슬살이는 머슴살이'라고 했다. 아침에 승진하였다가 저녁에 쫓겨나기도 하므로 믿을 수 없음을 말한다. 목민관으로서 천박한 자는 관아를 자기 집으로 알아 오랫동안 누리려 생각하고 있다가 하루아침에 상사가 격문을 급히 보내오고 저가邸家에서 통보가 있으면 놀라고 당황하여 큰 보물을 잃어버린 것처럼 어찌할 줄을 모른다. 처자는 서로 돌아보고 눈물을 흘리고 아전과 종은 몰래 훔쳐보고 비웃는다. 관직을 잃은 것 외에 잃는 것이 또 많은 것이다. 어찌 한심스럽지 아니한가. 옛날의 현명한 목민관은 도리어 관아를 여관으로 생각하고 이른 아침에 떠나갈 것처럼 그 장부와 서책을 깨끗이 해두고 그 행장을 묶어두어 항상 마치 가을에 매가 가지에 앉았다가 훌쩍 떠나갈 듯이 하고, 한 점의 속된 애착을 일찍이 조금도 남겨 둔적이 없다. 교체의 공문이 이르면 즉시 떠나고 활달한 마음가짐으로 남은 미련이 없어야 이것이 맑은 선비의 행실이다.

－정약용 원저, 이인철 편역, 《리더십의 고전 목민심서》 중에서

30년 가까운 법관과 법원장으로서의 공직생활을 마감하기로 결단하고 사표를 냈습니다. 너무나 사랑했던 직장, 지극히 무겁지만 자부해 마지않았던 일과 결별하는 것이 참으로 마음을 아프게 했습니다. 언제든 벼슬을 헌신짝처럼 버릴 수 있어야 청사淸士라고 하는데, 저같이 '미련한' 사람은 벼슬에 대한 '미련'을 버리기가 이렇게 힘든 것인 줄 미처 몰랐습니다.

이제 돌이켜보니, 법관으로서 재판한다는 일은 오로지 하늘의 권한으로 소송 당사자의 옳고 그름을 판단하여 법적 구제를 하는 것이니 결국 사람을 사랑하는 일에 다름 아니고, 법원장으로서 법원을 경영하는 일도 소속 구성원들로 하여금 보람과 즐거움을 갖고 일할 수 있게 보살펴주는, 그 역시 사람을 사랑하는 일이라는 생각이 듭니다.

물론 우리의 삶 그 자체가 곧 사람을 사랑하는 일이겠지요. 한 생명체로 태어나서 한 점 흙으로 돌아가는 날까지 가족, 이웃, 친구, 이런 무수한 사람들과 관계를 이루고, 그 관계들 속에서 사랑하고 더불어 사는 일이 결국 우리 삶의 의미이지 싶습니다. 그런데도 죽는 순간까지 단 한 사람의 누구도 진정하게 사랑하지 못하고, 아니 남은커녕 제 자신조차도 제대로 사랑할 줄 모르고 사는 어리석은 존재가 또한 사람이 아닐지요?

다산 선생은, 목민관이 부임하여 퇴임할 때까지 지켜야 할 덕목을 차례대로 서술한 《목민심서》의 맨 마지막 부분, 〈해관解官〉편에서 퇴임하는 공직자에게 특별히 '유애遺愛'를 강조하고 계시지요. 모든 걸 벗어던지고 오직 사랑만을 남겨놓고, 마치 병이 낫은 듯이 맑고 깨끗하게 훌쩍 떠나라고 하시는데, 왜 이리 미련이 남아 자꾸 뒤돌아보고 연연해하는 것일까요.

인생거울 앞에서

세상에는 변치 않는 마음과
굴하지 않는 정신이 있다
순수하고 진실한 영혼들도 있다.

그러므로 네가 가진 최상의 것을 세상에 주라
최상의 것이 너에게로 돌아오리라
사랑을 주면 너의 삶으로 사랑이 모이고
가장 어려울 때 힘이 될 것이다.

삶을 신뢰하라, 그러면 많은 이들이
너의 말과 행동을 신뢰할 것이다.
마음의 씨앗들을 세상에 뿌리는 일이
지금은 헛되이 보일지라도
언젠가는 열매를 거두게 되리라.

왕이든 거지든 삶은 다만 하나의 거울

우리의 존재와 행동을 그대로 비춰 주리니

네가 가진 최상의 것을 세상에 주라

최상의 것이 너에게 돌아오리라.

-매들린 브릿지스의 詩, 〈인생거울〉 전문

"인생의 비밀은 단 한 가지, 네가 세상을 대하는 것과 똑같은 방식으로 세상도 너를 대한다는 것이다. 네가 세상을 향해 웃으면 세상은 더욱 활짝 웃을 것이요, 네가 찡그리면 세상은 더욱 찌푸릴 것이다."

어느 유명 작가의 지혜로운 말입니다. 우리가 세상을 사는 방식에 따라 세상은 광명천지도 되고 암흑세계도 된다는데, 당신은 어떠신지요?

'거울의 법칙'이라는 말처럼, 인생은 내 마음, 내 모습, 내 행동을 그대로 비추는 거울과 같아서 내가 주는 그대로 내게 되돌려 준다고 합니다. 내가 누군가에게 베푼 호의와 선행들이 나중에 어느 땐가 삶의 어느 길목에서 내게 똑같은 모습으로 되돌아오고, 내가 은밀히 저지른 악행 또한 업이 되어 내 후생으로까지 반드시 돌아온다 하지요.

미국의 여류시인 매들린 브릿지스는 이를 가리켜 '인생거울 (Life's mirror)'이라는 멋진 시어로 표현하고 있습니다. '왕이든 거지든 삶은 다만 하나의 거울', 왕으로 사느냐 거지로 사느냐 그 삶의 모습은 오로지 자신이 왕과 거지 중 어떤 모습을 거울에 비추느냐의 선택에 달린 문제라는 뜻이지요.

그런데, 꼭 그럴까 의심이라고요? 나는 거울을 보고 웃는데, 세상은 온통 날 보고 울상이라고요? 혹여 그게 당신의 불신이 그대로 인생거울에 비쳐진 결과는 아닐지요? 일단 당신이 긍정적으로 믿어야 세상이 그대로 믿어줄 것, 아닌가요? 아무리 고단한 삶일지라도, 세상이 날 지켜줄 것이라고, 그래서 세상은 그런대로 살 만한 것이라고, 우리 그렇게 그냥 믿고 웃으며 살자고요.

간디를 추모하며

진실을 추구하는 방법은 어려운 만큼 쉽기도 하다. 교만한 어른에게 는 참으로 불가능하게 보여도, 순수한 어린이에게는 너무나 쉽다. 진 실을 추구하는 자는 먼지보다 겸손해야 한다. 세상은 먼지를 발밑에 짓밟지만, 진실을 추구하는 자는 먼지에게조차 짓밟힐 정도로 겸손 해야 한다. 그 뒤에야 비로소 그는 진실을 보게 될 것이다.

(중략)

사람과 그의 행위는 별개의 것이다. 선행은 칭찬받아야 하고, 악행은 비난받아야 하지만, 행위자는 그 행위가 선하든 악하든 어떤 경우에 나, 언제나 존중이나 동정을 받아야 한다. '죄를 미워하되 죄인을 미 워하지는 말라'는 말은 이해하기 쉬우나 그 실행은 어렵다. 따라서 증오의 독이 세상에 가득 퍼졌다.

비폭력이야말로 진실 탐구의 기초다. 아힘사를 기초로 하지 않은 탐 구란 허사임을 나는 매일 깨닫는다. 제도에 저항하고 공격하는 것은 지극히 당연하다. 그러나 그것을 만든 사람에게 저항하고 공격하는 것은 자기 자신에게 저항하고 공격하는 것과 같다. 왜냐하면 우리는 모두 동일한 붓으로 그려졌고, 하나의 같은 창조주의 자녀들이며, 우리 속의 거룩한 능력도 무한하기 때문이다. 한 개인을 업신여김은 그 거룩한 능력을 업신여기는 것이고, 따라서 그의 존재만이 아니라 그와 함께 세계 전체를 해치는 것이 된다.

　　　　　-간디 지음, 박홍규 옮김, 《자서전-나의 진실추구 이야기》 중에서

서로 타협하고 공감할 줄 모르고 마냥 증오하고 불신하는 정치가 계속되고 있습니다. 갈등과 대립의 우리 사회를 안타깝게 바라보며, 1948년 1월 30일 비명에 숨진 간디의 정신을 떠올립니다. '20세기의 성자', '인도 건국의 아버지'로 불리는 그는 일생동안 온갖 고초를 겪으면서 조국의 독립과 민족의 계몽, 빈민의 구제, 종교간 화해를 위해 헌신했지요.

　그는 죽을 때까지 철저하게 무소유를 실천하고, 스스로 탐욕에서 벗어나기 위해 아름다운 아내 곁에서 평생을 금욕하였으며, 또 세상의 불의를 향해 오로지 비폭력으로 저항하고 단식으로 투쟁하였지요. 그의 숭엄한 덕성과 감동적인 삶 그 자체가 그의 이름, '마하트마(Mahatma, 위대한 영혼)'에 너무 잘 어울려 보입니다.

그리고 어떤 어려움 속에서도 진실만을 추구하고자 항시 자신의 마음 깊은 곳에서 들려오는 '조용하고 낮은 목소리(still small voice)'에 귀 기울이며 그에 따라 움직이는 것을 신조로 삼고, 오직 사랑의 힘만으로 문명사회의 모든 허위와 폭력을 감당해 내면서, "증오는 오직 사랑으로써만 극복할 수 있다. 사랑이 있는 곳에 생명이 있다."라고 외쳤습니다.

'진실과 사랑', 참으로 무겁고 높은 것이지요? 그의 자서전 속에서 오롯이 진실을 추구하려면 '세상은 먼지를 짓밟지만, 그 먼지에게조차 짓밟힐 정도로 겸손해야 하고', 누구라도 미워하지 않고 사랑하려면, '그의 행위가 악하고, 그가 만든 제도가 잘못된 것에 불구하고, 그를 한 개인으로서 존중하고 동정해야 한다'는, 참 귀한 메시지가 들려옵니다. 부디 내 안에도, 우리 사회에도, 어둠을 쫓는 '진실과 사랑'의 등불이 환하게 밝혀지기를 기도합니다.

아름다운 나이

(전략)

삼십대에는

마흔이 무서웠다

마흔이 되면 세상이 끝나는 줄 알았다

이윽고 마흔이 되었고 난 슬프게 살아 멀쩡했다

쉰이 되니

그때가 그리 아름다운 나이였다.

예순이 되면 쉰이 그러리라

일흔이 되면 예순이 그러리라.

죽음 앞에서

모든 그때는 절정이다

모든 나이는 아름답다

다만 그때는 그때의 아름다움을 모를 뿐이다.

—박우현의 詩, 〈그때는 그때의 아름다움을 모른다〉 일부

언젠가 산행 길에 앞서가던 낯선 중늙은이 한 분이 옆에 동행하던 분에게 하는 말을 우연히 들었습니다.

"아무리 몸부림치고 발광해도 소용없어. 늙은이는 다 추하지 뭐, 엘리자베스 테일러도 이젠 보기 흉하잖아."

과연 그럴까요? 저는 결코 아니라고 생각합니다.

늙었으니까 아예 아름다울 수 없다고 마음먹으면 어찌 몸뚱이가 받쳐 주겠습니까? 이제 늙어서 세상 끝장이라고 생각하는데 팔팔한 몸매인들 버텨내겠습니까? 몸과 마음이 본래 하나라고 합니다(色心一體). 마음이 흐르는 대로 몸도 그렇게 닮아간다는 뜻이지요. '엄마 손은 약손' 인 이유가, 어머니를 믿고 의지하는 내 마음에 따라 바로 내 몸이 반응한 결과이듯이.

정말 그렇지요. 마음속에 아름다움을 놓지 않아야 우리의 몸도 오래도록 아름다운 청춘을 유지할 수 있을 것입니다. '청춘' 하면 떠오르는 사무엘 울만이 말한 것처럼, '청춘이란 인생의 어떤 시기가 아니라 어떤 마음가짐' 일 뿐인즉, '세월이 비록 피부의 주름을 늘릴지라도 열정을 가진 마음이 시들지 않는 한 언

제까지나 청춘일 것' 입니다.

시인도 모든 나이는 다 그런대로 아름답다고 노래하지요. 단지 사람들이 자기 나이의 숫자만 들먹거리고, 자꾸 마음을 옴츠려들면서 그 아름다움에 지레 눈감아버릴 뿐이라고요. 늘 마음이 푸른 청춘의 당신, 지나간 나이들이 나름 아름다웠고 또 앞으로 올 나이들도 그리 아름다울지니, 지금 바로 당신의 눈부시게 아름다운 나이를 절대 의심하지 마세요.

끝, 그리고 시작

아무도 가지 않은 길은 없다

다만 내가 처음 가는 길일 뿐이다

누구도 앞서 가지 않은 길은 없다

오랫동안 가지 않은 길이 있을 뿐이다

두려워 마라 두려워하였지만

많은 이들이 결국 이 길을 갔다

(중략)

순탄하기만 한 길은 아니다

낯설고 절박한 세계에 닿아서 길인 것이다

–도종환의 詩, 〈처음 가는 길〉 일부

저는 지난 2010년 2월 5일 퇴임식과 함께 오랜 법관생활을 마
감했습니다. 28세에 시작하여 28년간을 행복하게 일했으니 늘

28청춘(?)이었던 셈이지요? 법원 문을 나설 때 눈물어린 배웅을 해주던 후배법관들과 직원들, 그들의 뜨거운 박수소리가 지금도 귀에 들리는 듯합니다. 아마도 제가 법대法臺를 내려온 사실을 제대로 실감하려면 꽤 시간이 걸릴 것 같습니다.

공직을 은퇴하는 분들이 흔히들 '대과大過 없이 끝내게 되어 다행'이라고 말합니다. 그런데 허물이 있었던 걸 자기만 모르는 것은 아닌지, 정말 모를 일이지요. 암튼 저도 그렇게 대과 없이 공직을 마친 것이라면, 그것은 오직 그동안 저에게 항상 관심과 질책과 격려를 아끼지 않은 소중한 친구들의 덕택이라고 생각합니다. 모두에게 그저 한없이 고마울 따름입니다.

한 길의 끝은 또 다른 길의 시작이겠지요. 작은 설렘으로 새 날을 맞으며, 이제 법대 아래에서 막막하고 불안함 속에 재판받는 사람들을 돕는 일을 꿈꾸어 봅니다. 법적인 문제로 고통받고 번민하는 사람들, 고단하고 수고로운 사람들과 함께 진정으로 마음을 나누고 싶습니다. 저의 지식과 성심이 그들에게 삶의 위로와 희망을 얻게 하는 데 조금이라도 보탬이 된다면, 공직에 못지않은 보람이지 싶습니다.

거친 비바람 앞에 두려움이 없지 않습니다. 그렇지만 부딪고 부대끼다 보면 이내 무지개도 뜨고 햇볕도 쨍하게 들게 되겠지요. 시인이 노래하듯, 제가 걸어야 할 새 길은 '아무도 가지 않

은 길'이 아니라 단지 '내가 처음 가는 길'일 뿐이니, 미국의 신
학자 라인홀드 니부어의 기도처럼, '바꾸어야 할 것을 바꾸는
용기, 바꿀 수 없는 것을 그대로 받아들이는 평온함, 그리고 그
것을 가릴 줄 아는 지혜'를 신에게 구할 밖에요.

2장 독서는 독서를 낳고

나는 행복합니다

아침이면 태양을 볼 수 있고

저녁이면 별을 볼 수 있는 나는 행복합니다.

잠이 들면 다음날 아침 깨어날 수 있는 나는 행복합니다.

꽃이랑 보고 싶은 사람을 볼 수 있는 눈,

아기의 옹알거림과 자연의 모든 소리를 들을 수 있는 귀,

사랑하는 말을 할 수 있는 입,

기쁨과 슬픔과 사랑을 느낄 수 있고

남의 아픔을 같이 아파해 줄 수 있는 가슴을 가진 나는 행복합니다.

생각해 보면, 우리는 성한 눈, 귀, 입, 손, 발 그 어느 하나도

감사하지 않은 것이 없습니다.

더 깊이 생각하면, 지금 숨을 쉬고 있는 것도 은혜입니다.

우리는 결코 실의와 좌절에 빠져서는 안 됩니다.

실의와 좌절은 결코 문제 해결이 아니고 사람을

더 불행하게 만들 뿐입니다.

-김수환 추기경 잠언집, 《바보가 바보들에게》 중에서

김수환 추기경님이 선종하신 지 벌써 한 해가 지났습니다. 우리 사회에 어둠을 밝히는 희망의 빛이 되고, 고통 받고 소외된 이웃들에게 고루 사랑의 힘을 베풀어주신 그분께서 죽음의 순간을 맞으며, "고맙습니다. 여러분, 사랑하세요."라고 말씀하신 것, 모두 기억하시지요? 그분이 전 생애를 통해 우리에게 몸소 가르쳐주신 삶의 지혜를 생각해 봅니다.

그분은 아무 것도 소유하지 않고 살면서도 빵 한 덩이, 물 한 잔에도 늘 고마워하셨지요. 언제나 평화롭고 넉넉했던 그분의 미소 띤 얼굴을 떠올리면, 오직 감사하는 삶이 진정한 축복이라는 믿음이 절로 생깁니다. 그리고 성한 몸으로 살아있는 그 자체가 바로 감사해야 할 기적이요, 우리를 감싸고 있는 이 자연과 그 속에 더불어 살아가는 작은 인연들이 얼마나 고마운 존재인지를 실감하게 합니다.

그분은 또 한평생 낮은 곳을 찾아 사랑을 베푸는 일에 헌신하셨지요. 그냥 말로만 하지 않고 온몸으로 함께하고 마음을 같이 나누셨습니다. 그분이 생전에 '누군가를 사랑한다는 것은, 그 사람의 기쁨을 나눌 뿐만 아니라, 서러움, 번민, 고통을 나눌 줄 알고, 잘못이나 단점까지 다 받아들일 줄 알고, 그 마음의 어둠까지 받아들이고, 끝내는 그 사람을 위해서 목숨까지 바칠 수 있는 것'이라고 하신 말씀이 문득 새롭습니다.

생전에 스스로를 '바보'라고 부르면서, 자신의 사랑이 머리에서 가슴까지 내려오는 데 70년이 걸렸다고 부끄러워하신 분, 맑고 거룩한 영혼을 가진 이 시대의 진정한 바보, 그분께서 바보 아닌 바보로 살아가는 이 세상 사람들에게 너무 쉽고 간단한 말로 행복이 무엇인지를 잘 깨우쳐 주지요. 아, 이렇게 온전한 몸과 뜨거운 가슴이 있으니, 나는 정말 행복합니다.

고양이를 보고

(전략)

죽은 할머니가 그러셨지. 아가, 거미는 제 뱃속의 내장을 뽑아서 거미줄을 만드는 거란다. 그 거미줄로 새끼들 집도 짓고 새끼들 먹이도 잡는 거란다. 그렇게 새끼들 다 키우면 내장이란 내장은 다 빠져나가고 거죽만 남는 것이지. 새끼들 다 떠나보낸 늙은 거미가 마지막 남은 한 올 내장을 꺼내 거미줄을 치고 있다면 아가, 그건 늙은 거미가 제 수의를 짓고 있는 거란다. 그건 늙은 거미가 제 자신을 위해 만드는 처음이자 마지막 거미줄이란다. 거미는 그렇게 살다 가는 거야. 할머니가 검은 똥을 쌌던 그해 여름, 할머니는 늙은 거미처럼 제 거미줄을 치고 있었지. 늙은 거미를 본 적이 있나 당신.

—박제영의 詩, 〈늙은 거미〉 일부

저희 집엔 고양이 녀석이 같이 삽니다. 저희가 데려온 게 아니라, 제 놈이 맘대로 들어와 사는 것이지요. 고양이의 귀족으로 알려진 페르시안 종으로 하얀 털빛이 참 고운 암컷인데, 혼자도 아니고 새끼 두 마리를 데리고 삽니다. 밖으로 떠돌던 놈이 어떻게 저희 집안에 들어왔냐고요?

놈이 오래 전부터 집 주위를 배회하는 걸 보고 아내가 마당에 밥을 내놓기 시작한 게 화근입니다. 반년여 동안 살며시 바람처럼 나타나 밥그릇을 비우고 사람만 보면 쏜살같이 달아났지요. 그러다 주먹만한 새끼 두 마리를 밖에서 낳아 집안에 들여놓고 나서부터는 갑자기 태도를 바꾸었어요. 하루아침에 야생동물에서 애완동물로 변하여, 마치 자기가 우리 집을 '접수'한 양 아예 마당에 죽치고 앉아 온종일 뒹굴며 지냅니다.

저는 고양이가 갑자기 우리 가족에 대한 경계를 풀기 시작한 이유가 바로 모성에 있다고 생각합니다. 새끼들에게 젖을 먹이고 살기 위한 '생존의 방식' 이랄까요? 요즘엔 새끼들이 제법 자란 상태인데, 우리가 끼니 밥을 주면 어미 놈은 새끼들이 먼저 밥 먹는 모습을 곁에서 물끄러미 지켜보다가 나중에 자기는 나머지 부스러기로 허기를 채웁니다.

시인은 늙은 거미를 보고 자신의 할머니를 기억하고 있는데, 저는 고양이를 보며 가끔 시골에 계신 어머니 생각을 떠올립니다. 제가 어릴 적 학교 가러 새벽밥을 먹을 때, 깊은 밤에 공부하다가 밤참을 먹을 때, 늘 옆에 앉아 조용히 절 바라보고 계시던 어머니. 당신이 제게 생명을 주고, 한량없는 사랑을 주고, 삶의 의지와 신념을 주셨습니다.

우정이라는 것

등 덩굴 트레리스 밑에 있는 세사細沙 밭, 손을 세사 속에 넣으면 물기가 있어 차가웠다. 왼손이 들어 있는 세사 위를 바른손 바닥으로 두들기다가 왼손을 가만히 빼내면 두꺼비집이 모래 속에 작은 토굴같이 파진다.

손에 묻은 모래가 내 눈으로 들어갔다. 영이는 제 입을 내 눈에 갖다 대고 불어 주느라고 애를 썼다. 한참 그러다가 제 손가락에 묻었던 모래가 내 눈으로 더 들어갔다. 나는 눈물을 흘리며 울었다. 영이도 울었다. 둘이서 울었다.

어느 날 나는 영이보고 배가 고프면 골치가 아파진다고 그랬다. "그래 그래" 하고 영이는 반가워하였다. 그때같이 영이가 좋은 때는 없었다.

우정은 이렇게 시작이 되는 것이다. 하품을 하면 따라 하품을 하듯이 우정은 오는 것이다.

오랫동안 못 만나게 되면 우정은 소원해진다. 희미한 추억이 되어 버리기도 한다. 나무는 심는 것도 중요하지만 기르는 것이 더욱 어렵고 보람 있다. 친구는 그때그때의 친구도 있을 수 있다. 그러나 정말 좋은 친구는 일생을 두고 사귀는 친구다.

우정의 비극은 이별이 아니다. 죽음도 아니다. 우정의 비극은 불신이다. 서로 믿지 못하는 데서 비극은 온다. "늙은 어머니가 계셔서 그렇겠지." 포숙鮑叔이 관중管仲을 이해하였듯이 친구를 믿어야 한다. 믿지도 않고 속지도 않는 사람보다는 믿다가 속는 사람이 더 행복하다.

-피천득의 수필, 〈우정〉 중에서

변호사 일을 새로 시작하면서 요즘 아내가 운전하는 차를 타고 사무실에 출근하고 있습니다. 오늘 아침 차에서 내리는 저에게 아내가 던지는 인사말, "좋은 일 즐겁게 하세요." 내 참, 좋은 일이고 뭐고 간에 당장 일거리가 있어야 하지. 혼자 투덜댔지만, 왠지 오늘은 꼭 좋은 일이 생길 것 같은 그런 예감이 들었습니다.

그런데 오전에 사무실로 옛 친구가 찾아왔지요. 오랜 세월 지방 대학에서 교수로 열심히 일하다가 학교 경영진과의 불화로 갑자기 해임 당한 이야기를 들었습니다. 친구의 말에 공감하고 같이 분노하면서 적절한 구제방법을 논의했지요. 사무실 근처에서 함께 설렁탕을 먹고 나서 헤어지는 친구의 얼굴에 화색이

도는 걸 보고, 아내의 아침인사를 머리에 떠올렸습니다.

우정이란 게 바로 이런 것이려니, 하는 생각이 새삼 듭니다. 특별히 친구에게 훌륭한 충고나 조언을 해주고 물질적인 도움을 베푸는 것이 아니더라도, 단지 진실한 믿음을 바탕으로 그의 말에 맞장구치고, 속내를 헤아려 주고, 또 손뼉 치고 눈시울 적시며 그렇게 마음을 나눌 수 있다면, 우정은 그 자체로 족한 것이 아닐까요?

금아 피천득 선생님의 짧은 수필 속에 우정의 단말이 정갈하게 잘 묘사되어 있습니다. 마치 '하품을 따라하듯이' 우정은 시작하는 것이고, '나무를 기르듯이' 정성스레 가꾸어야 우정이 오래 가며, 오로지 '서로 믿지 못하는 데서' 우정이 끝나게 된다고 하지요. 그 수필 끝에 쓰인 '친구는 나의 일부분'이라는 구절을 읽으니 마음이 절로 무거워집니다.

삼학사의 넋

교리 윤집과 부교리 오달제가 척화신으로 묶여서 청진에 가기를 자청하는 차자(註 : 신하가 임금에게 올리던 간단한 서식의 상소문)를 올렸다. 젊은 당하관들이었다. 처자식을 성 밖에 두고 혼자 들어와 있었다. 임금이 차자를 읽었다. "신들이 극언으로 화친을 배척하여 성총을 흐리고 나라를 그르쳤으니, 신들을 보내어 적의 요구에 응하시고 사직과 강토를 보전하소서. 미거한 신들이 죽음의 자리를 찾았으니, 그 또한 삶의 자리일 것이옵니다."

(중략)

윤집, 오달제가 내행전으로 들어왔다. 임금이 주전자를 들어서 술을 따랐다. 당하들이 두 손으로 잔을 받아 마셨다. 임금이 두 당하들의 신상을 물었다. 윤집은 서른 살이었고 처와 세 아들이 남양南陽으로 피난을 갔는데 남양이 적에게 함몰되어 생사를 모르고, 오달제는 스물일곱 살로 성 밖에 노모와 임신한 처가 있다고 했다. 윤집, 오달제는 두 손을 앞으로 모으고 곧게 앉아서 임금을 응시했다. 임금이 고개를 돌렸다. 임금이 숨죽여 울먹였다. "참혹하다. 어찌 이런 일이 있는가." 윤집이 말했다. "전하, 말씀이 구구하시옵니다." 오달제가 말했다. "신들이 먼저 나가서 전하의 길을 열겠사오니, 전하께서는 신의 뒤를 따라서 삼전도로……" 임금이 서안에 쓰러져 오열했다.

-김훈의 소설, 《남한산성》 중에서

1637년 음력 1월 29일. 청나라가 조선을 침략한 병자호란 때, 인조임금이 포위당한 남한산성 밖으로 나가 적에게 항복한 후 세 사람의 충신이 적과의 화친을 반대하고 결사항전할 것을 주장한 척화斥和의 죄목으로, 적의 요구에 응해 스스로 죽기를 자청하고 적진에 제 발로 들어갔습니다. 윤집, 오달제, 홍익한. 우리는 그분들을 '삼학사三學士'라고 부르지요.

그분들은 청나라 심양瀋陽으로 끌려간 뒤 마음을 바꾸면 살려주겠노라고 모진 고문과 끈질긴 회유를 받게 되지만, 끝내 뜻을 굽히지 않고 결국 참형을 당했지요. "내 먼저 죽어져서 혼백이 되어 고국에 돌아감이 원이러니, 어허! 오랑캐의 티끌이 해를 가림을 어이 보리오." 이렇게 노래하며 죽음으로 절개를 지킨 그분들에게 과연 나라가 무엇이고, 또 의리가 무엇이었을까요?

며칠 전 남한산성을 산행하다가 우연히 현절사顯節祠 앞에 이르렀습니다. 삼학사의 위패를 모신 사당이었는데, 손바닥만한 터에다 외양도 무척 허술한 모습이었지요. 동행한 친구와 함께 한참동안 머리 숙여 묵념을 드리고 서 있는데, 무심하게 곁을 지나가는 등산객들의 웃음소리가 마침 하늘을 나는 까마귀 울음에 섞여 허망하게 들렸습니다.

요즘 사람으로서 그분들처럼 나라를 위해 목숨을 던진다는 게 어디 상상조차 할 일이겠습니까만, 적어도 지식인이라면 국가에 대한 의무라든가 사회적 책임이라는 문제를 늘 무겁게 생각하고 실천해야 하겠지요. 문득 김훈의 소설 《남한산성》을 다시 읽으면서, 내가 지금 이 국가사회의 한 구성원으로서 응분의 책임과 의무를 다하고 있는지 자문해 봅니다.

숲 이야기

할아버지는 우리 조상들의 최대의 찬사의 말인

'키 큰 나무' 같았다.

두 발을 어머니 대지에 깊이 뿌리박고서

하늘을 향해 두 팔을 벌리고

자신에게 주어진 선물에 늘 감사하는 키 큰 나무처럼

위대한 신령의 가르침을 받을 준비를 하거라

대화는 잘 하고 있니?

대화는 이해라는 거란다

이해는 마음의 평화를 가져오고

마음의 평화는 행복에로 이끌지

행복은 대화하는 거란다

그렇다!

이 넷 - 대화, 이해, 마음의 평화, 행복 - 은 하나의 원을 이루고

그 원은 영적인 조화를 이루고 있다

만일 너의 인생에 문제가 있다면

그것은 자연과의 대화가 부족하기 때문이다

−서정록 지음, 《지금은 자연과 대화할 때》 중에서

이런저런 이유로 아파트 생활과 결별하고 대모산 기슭에 위치한 단독주택에 들어가 살게 된 지 벌써 10년째입니다. 재테크를 거꾸로 한다느니 도둑이 걱정되겠다느니 하는 주변의 소리에도 이젠 아주 무덤덤해지고, 그렇게 애지중지하던 마당의 잔디를 뒤덮은 잡초들에도 너그러운 눈길을 주게 되었으니, 이제 주택생활에 제법 길들여진 셈이지요.

이곳에 옮겨 살면서 얻게 된 최고의 혜택은 숲을 가까이 하게 된 것입니다. 집 뒤로 그리 깊지는 않지만 충분히 아늑한 숲이 펼쳐져 있지요. 계절을 따라 아카시나무, 참나무, 소나무들이 차례로 숲속 동화의 주인공이 되고 그밖에도 온갖 새와 동물, 풀과 꽃들이 함께 어울려 살며, 확신은 안 가지만 군데군데 옹달샘엔 밤마다 요정들이 출몰하는 듯합니다.

매일같이 숲길을 걷노라면 내 몸을 한 덩이로 껴안은 대지 전체가 형형하게 살아있음을 실감하게 됩니다. 그 안에 깃든 아름다운 소리와 그림 같은 빛깔과 싱그러운 향기를 마음껏 느낄 수 있는 육신의 건강, 아직 절망하지 않아도 괜찮을 영혼의 자유, 혼자서 넉넉하게 즐길 만한 고독과 사색의 여유, 이런 한량없는 축복에 감사하게 됩니다.

문득 북아메리카 인디언들의 이야기를 읽어봅니다. 물질의 풍요 속에 너무 많은 것을 잃어버린 우리들에게 돌처럼 차가워진 심성을 되찾고, 마음의 평화와 진정한 삶의 행복을 얻는 길은 오직 자신을 낮추고 자연과 대화하는 것임을 인디언들이 깨우쳐줍니다. 저만큼 그윽한 봄이 다가오는 오늘, 친구들과 그 숲속을 걷고 싶은 날입니다.

술을 생각하다

음·양·바람·비·어둠·밝음은 하늘의 여섯 기운입니다. 사람이 기운을 과도하게 써서 병이 났는데, 만약 어떤 의사가 "여섯 기운이 병을 나게 하는 원인이니, 이를 없애면 병을 고칠 수 있다."라고 말한다면, 그는 돌팔이에 가깝습니다. 몸을 지키는 것은 나에게 달려 있습니다. 그러므로 병은 몸을 지키지 못해서 생기는 것이지, (하늘의) 여섯 기운 때문에 생기는 것이 아닙니다. 마음을 수양하는 것은 나에게 달려 있습니다. 그러므로 (술의) 피해는 마음을 수양하지 못해서 당하는 것이지, 술 때문에 당하는 것이 아닙니다. 따라서 술만 탓하고 마음을 탓하지 않거나, 사물의 폐단만 근심하고 정신의 폐단을 근심하지 않는다면, 결국 성품을 잃어버리고 몸을 망치며 병을 불러들여 재앙을 초래하고 말 것입니다. 그래서 옛날에 현명한 임금은 마음을 수양해 백성을 이끌고, 훌륭한 선비는 마음을 닦아 몸을 수양한 것입니다. 그러나 현명하지 못한 임금과 용렬한 사람은 그렇게 하지 못해 나라를 잃고 집안을 망친 것입니다.

청력장애를 딛고 불멸의 인류문화유산을 만들어낸 악성 루드비히 반 베토벤이 1827년 오늘(3월 26일) 안타까운 모습으로 세상을 떠났지요. "친구여, 갈채를! 희극은 끝났다." 그가 죽기 전 침대 맡에서 노트에 써놓은 마지막 말이라고 합니다. 그때 그의 나이 쉰일곱 살이었으니까 꼭 지금의 내 또래지요. 그의 삶의 궤적을 바라보며 문득 술 생각을 했습니다.

베토벤은 술주정뱅이 아버지 밑에서 자란 내력 탓인지 그 자신도 모주망태였다고 알려졌지요. 식사 때마다 와인 한 병씩을 마셨다고 하니, 거의 중독 수준이었던 것 같습니다. 그래서 평생 동안 술 때문에 지독한 난청에서 헤어나지 못하고 말년에는 만성 췌장염까지 앓았으며, 마지막 죽음의 원인도 알코올성 간경변증이었다고 합니다. 술이 곧 고질병이었지요.

그나저나 저도 술을 좀 삼가야할 텐데, 그게 마음 같질 않네요. 옛날에 어느 술집 주인이 매일같이 술을 마셔대는 단골고객에게 "왜 그렇게 술을 많이 마시느냐?"고 묻자, 그 술꾼이 고민이 있기 때문이라고 하면서 그 고민인즉 "술을 끊지 못하는 것, 그게 바로 내 고민이다."고 말했다는 우스개 이야기도 있지요. 정말, 술을 절제하는 일이 참 어려운 것 같습니다.

그런데 옛 조선조 중종 시대 과거시험장에서 '술의 폐해를 논하라'는 임금의 책문策問에 명신 김구가 답한 글을 읽어 보니, 모두가 술로 인해 우리 몸이 병들고 일을 그르치게 된다고 경계하지만, 기실 그 모든 피해는 마음을 수양하지 못한 탓이지 술 탓이 아니라고 합니다. 너무 술 걱정에 매이지 말고 스스로 마음을 닦고 몸을 지켜야 할 일이지요.

다산의 기일을 맞아

〈하피첩〉

몸져누운 아내가 헤진 치마를 보내왔네

천리의 먼 곳에서 본마음을 담았구려

오랜 세월에 붉은빛 이미 바랬으니

늘그막에 서러운 생각만 일어나네

재단하여 작은 서첩을 만들어서는

아들 경계해주는 글귀나 써보았네

바라노니 어버이 마음 제대로 헤아려서

평생토록 가슴속에 새겨 두거라

〈시집가는 딸아이에게〉

사뿐사뿐 새가 날아와

우리 뜨락 매화나무 가지에 앉아 쉬네

매화꽃 향내 짙게 풍기자

꽃향기 그리워 날아왔네

이제부터 여기에 머물러 지내며

가정 이루고 즐겁게 살거라

꽃도 이제 활짝 피었으니

열매도 주렁주렁 맺으리

-정약용 지음, 박석무 엮음, 《유배지에서 보낸 편지》 중에서

극적인 삶은 그 결말도 역시 극적입니다. 1836년의 오늘(음력 2월 22일), 다산 선생은 마침 결혼 60주년을 맞은 회혼일 아침에 75세의 나이로 한 많은 생애를 마감했습니다. 선생은 이런 운명을 예감하신 듯 바로 그 사흘 전에 '60년 풍상의 바퀴가 눈 깜짝할 새 굴러왔건만, 복사꽃 화사한 봄빛은 신혼 때와 같구나' 라는 시를 짓기도 하셨지요.

선생의 삶은 참으로 고단했습니다. 스스로 '생이사별최인노 生離死別催人老'라고 노래한 것처럼, 선생은 생전에 마음 아픈 생이별과 사별을 너무 많이 겪으셨지요. 9살 때 어머니와의 사별을 시작으로 아버지와 형제들 그리고 9명의 자식 중에 무려 6명과 사별하고, 무엇보다도 무고한 정치적 박해를 받아 사랑하는 아내와 18년 동안을 생이별하여야 했습니다.

선생은 강진에서 귀양살이하던 어느 날, 고향의 아내로부터

붉은 빛이 바랜 치마폭을 전해 받지요. 그 옛날 부인이 시집올 때 입었던 치마, 선생은 이를 몸소 재단하여 두 아들에게 훈계의 글을 써 보내고, 시집간 딸에게는 그림을 그려줍니다. 부인의 간절한 사랑의 표현도 너무 애틋하거니와, 그 화답을 자식에게 대신하는 선생의 마음씀씀이 더욱 가슴 뭉클하게 합니다.

이런 부부간의 깊은 신뢰와 애정 때문에 선생은 그 모진 고초와 간난 속에서도 회혼의 축복을 누린 게 아닐까 하는 생각이 듭니다. 오늘 선생이 그때 치마폭에 쓰신 '하피첩霞披帖'과 '매조도梅鳥圖'의 화제畵題를 읽으며, 이제 겨우 절반의 회혼을 맞은 내 자신에게 지금 어떻게 사랑하고 있는지를 겸허히 물어봅니다.

4 · 19 아침에

껍데기는 가라
사월도 알맹이만 남고
껍데기는 가라.

껍데기는 가라.
동학년 곰나루의, 그 아우성만 살고
껍데기는 가라.

그리하여, 다시
껍데기는 가라,
이곳에선, 두 가슴과 그곳까지 내논
아사달 아사녀가
중립의 초례청 앞에 서서
부끄럼 빛내며
맞절할지니

껍데기는 가라.

한라에서 백두까지

향그러운 흙가슴만 남고

그, 모오든 쇠붙이는 가라.

-신동엽의 詩, 〈껍데기는 가라〉 전문

4·19혁명 반세기를 맞습니다. 동학혁명에서 3·1운동을 거쳐 4·19혁명으로 면면히 이어져 온, 자유와 민주와 통일을 지향한 우리의 숭고한 민족정신을 되새기면서 어떤 장애와 난관에도 불구하고 민족의 역사는 도도하게 발전하는 것이고, 그 발전의 원동력이 오로지 '民의 단합'에 있음을 다시 한 번 마음속으로 무겁게 생각해봅니다.

그런데 지금 우리 사회는 분열하고 있습니다. 각계각층에서 정치적, 이념적으로 대립하고 갈등하면서 서로 증오와 적대감을 키워가고 있지요. 광우병 사태가 그러했고, 세종시, 환경개발, 각종 세제나 사법개혁의 문제가 또한 그러합니다. 국민생활과 직결되는 여러 중요한 사회적 이슈들이 바람직한 해결책을 찾지 못하고 표류하고 있는 현실이 참으로 안타깝습니다.

이러한 분열을 청산하고 진정한 사회통합을 이루려면, 무엇보다 소통이 필요할 것입니다. 내가 먼저 마음을 열고 상대방의 주장에 귀를 기울이다 보면 공감대도 찾아지고, 나와 다른 생각들을 차츰 이해할 수 있지 않을까요. '다른' 것이 곧 '틀린' 것은 아니라는 생각, '차이의 존중'이 소통과 단합을 위한 키워드이지 싶습니다.

가장 절절하게 4월을 노래하다가 너무 일찍 서둘러 4월에 세상을 떠난 민족시인 신동엽의 〈껍데기는 가라〉는 유명한 시편을 다시 읽어봅니다. 우리 사회의 분열과 적대를 부추기는 온갖 폭력과 허위, 독선과 아집이야말로 지금 이 땅에서 내쫓아야 할 우리 자신의 '껍데기'요, 4·19정신의 '껍데기'가 아닐까요?

걷기 예찬

그는 끊임없이 몸의 존재감을 경험하며 그 허약함을 알고 있다.

그는 자신의 몸무게와 나이와 건강상태를 직접 느낀다. 자신을 끊임없이 변화하는 존재로 만드는 시간의 흐름이나 자연법칙으로부터 홀로 도망쳐 나올 수 없다는 것을 그는 안다. 허상도 기만도 없이, 걷는 사람은 자신의 숨소리와 때로는 쿵쾅거리는 심장소리를 듣는다. 바로 여기에, 질식할 것 같은 몸을 통해서 마지막 숨과 심장의 정지를 미리 이해하게 해주는, 인간의 무력함이 있다. 그의 여정 속에서, 걷는 사람은 자신이 매 걸음마다 일으키는 가벼운 먼지와 동류의식을 느낀다. 자신이 그와 같다는 것을 알기 때문이다.

-크리스토프 라무르 지음, 고아침 옮김, 《걷기의 철학》 중에서

지난 주말에 문경새재 길을 걷고 왔습니다. 푸른 숲속으로 온갖 새소리와 꽃향기, 풀내음에 흠뻑 마음 젖으며 걸어가는 꿈속 같은 길이었습니다. 요즘 온 나라 곳곳에 걷기 동호인들이 폭발적

으로 늘고 있고, 모임에서마다 걷기 예찬론이 무성합니다. 걷기의 효용으론 모두들 건강과 사색을 내세우지요.

걷기 운동이 건강에 아주 유익하다는 것은 두말하면 잔소리입니다. 더구나 서서히 하체근육이 약해지기 시작하는 나이의 우리들에겐 걷기가 더욱 필요하다고 생각합니다. 동의보감의 허준 선생이 일찍이 '약보藥補보다 식보食補가 낫고, 식보食補보다 행보行補가 낫다'고 하여, 좋은 약이나 음식보다 걷는 게 최고의 보약이라고 말씀하셨는데 참 귀한 가르침이지요.

생각을 가다듬고 마음을 다스리는 데도 걷기가 으뜸입니다. 걸으면 정말 모든 걱정과 잡념들이 씻은 듯 사라지고, 그 대신 섬광처럼 좋은 생각들이 잘 떠오르지요. 길을 걸으며 접하는 하늘과 땅의 기운이 우리 몸 안으로 통하여 기를 돌게 하는 때문이 아닐까요. 철학자 키에르 케고르도 "나는 걸으면서 가장 풍요로운 생각들을 얻게 되었다. 걸으면서 쫓아버릴 수 없을 만큼 무거운 생각이란 하나도 없다."라고 동의합니다.

그런데 저자는 걷기를 통해 무엇보다 겸허를 배우게 된다고 이야기하네요. 하긴 흙에서 나서 언젠가는 다시 흙으로 돌아가야 할 인간이 흙 위를 걸으며, 어찌 교만할 수 있겠는지요? '겸허(humility)'란 말이 원래 라틴어로 '흙'이란 뜻의 'humus'에서 유래한 것이라는 그의 설명이 마음에 와 닿습니다.

가난에 대하여

가난은

가난한 사람을 울리지 않는다.

가난하다는 것은

가난하지 않은 사람들보다

오직 한 움큼만 덜 가졌다는 뜻이므로

늘 가슴 한쪽이 비어 있어

거기에

사랑을 채울 자리를 마련해 두었으므로

사랑하는 이들은

가난을 두려워하지 않는다.

-안도현의 詩, 〈가난하다는 것은〉 전문

지난 월초에 강원도 원주에 있는 어느 봉사단체의 창립기념행사에 다녀왔습니다. 그 지역에 거주하는 영세가정노인이나 독거노인들에게 연중 매일 무료급식을 하고 겨울이면 전국 각처의 달동네에 연탄을 배달해주는 나눔활동을 꾸준히 해오는 단체인데, 제가 몇 해 전 법원에 근무할 때 외부봉사활동을 나갔다가 그 운영책임자인 목사님과 귀한 인연을 맺게 되었지요.

그날 고수부지 다리 밑에는 점심 한 끼를 때우려고 1,200여 분의 노인들이 모여 계셨습니다. 조그만 지방도시에 이런 작은 나눔에 의지하고 사시는 분들이 많은 걸 보고 적이 놀랐지요. 하긴 평소 너무나 유족하게 사치하고 사는 탓에, 하루에도 무려 5만 명이 기아로 죽어가는 지구촌의 현실을 실감하지 못하는 저로서는 그리 새삼스런 일도 아니지만요.

축사를 대신하여 함께한 어르신들에게, 비록 가난하지만 마음만이라도 넉넉히 갖고 가족 없이 외롭더라도 이웃들과 잘 어울리며 지내시라고, 행복은 스스로 만족하고 감사하는 데 있노라고 말씀드렸습니다. 그런데 그런 공허한 몇 마디 말로 배고픔과 외로움을 얼마만큼 달랠 수 있겠습니까. 가난하면서 행복감을 느낀다는 게 어찌 말과 같겠습니까.

시인은 가난을 극복할 수 있는 비결이 '사랑'에 있음을 깨우쳐 줍니다. 가난한 사람은 비어 있는 가슴 한쪽에 사랑을 채우는 것으로 고단한 삶을 감내하며 꿋꿋할 수 있다고 노래하지요.

지금 찬이슬이 내리는 어두운 밤거리를 무거운 어깨 늘어뜨리고 걷고 있을지 모르는 가난한 친구들에게 조용히 들려주고 싶습니다.

봄밤에 꽃을 보며

풀과 나무들은 저마다 자기다운 꽃을 피우고 있다. 그 누구도 닮으려고 하지 않는다. 그 풀이 지닌 특성과 그 나무가 지닌 특성을 마음껏 드러내면서 눈부신 조화를 이루고 있다. 풀과 나무들은 있는 그대로 그 모습을 드러내면서 생명의 신비를 꽃피운다. 자기 자신의 생각과 감정을 자신들의 분수에 맞도록 열어 보인다.

옛 스승(임제 선사)은 말한다. "언제 어디서나 모든 것을 긍정적으로 생각하라. 그러면 그가 서 있는 자리마다 향기로운 꽃이 피어나리라."

자신의 존재를 있는 그대로 받아들이지 못하면 불행해진다. 진달래는 진달래답게 피면 되고, 민들레는 민들레답게 피면 된다. 남과 비교하면 불행해진다. 이런 도리를 이 봄철에 꽃한테서 배우라.

　　　　　　　　　　　　　　　－법정 지음, 《홀로 사는 즐거움》 중에서

유난히 차갑고 긴 겨울 탓에 봄을 제대로 느낄 수 없는 것 같습니다. 여러 가지 사고로 온통 우울한 사회 분위기까지 겹치니,

그야말로 춘래불사춘春來不似春입니다. 그래도 쌀쌀한 바람 끝 속에서도 온갖 봄꽃들이 다투어 피고 있지요. '꽃피는 봄밤의 일각이 천금의 가치가 있다'는 옛 시구처럼, 이런 봄밤을 즐길 수 있다는 건 정말 행운입니다.

그런데 이제 나이 탓일까요? 찬란한 이 봄날도 금세 가고 꽃들도 이내 지고 말 것이라는 한 생각이 드니, 이래저래 쉽게 잠을 이룰 수 없습니다. 그러나 가는 봄, 지는 꽃들이 너무 아쉽고 아무리 결별이 안타깝기로서니 누구도 한 데 머물 수 없는 세상 이치를 어찌합니까? 그저 꽃은 지기 때문에 더 아름다울 수 있고 인생은 유한하여 더욱 소중한 것이라고 위안 삼을 밖에요.

이 봄이 찾아오기 전에 홀연히 우리 곁을 떠나신 법정 스님의 글을 읽으며, 꽃이 아름다운 이유를 생각합니다. 비록 향기가 다르고 색깔과 모양이 제각각이어도, 꽃은 모두 저만의 꽃망울을 눈부시게 피우고 스스로 때를 기다려 사라지고 말지요. 저마다 오직 피어 있는 그 순간 자신의 존재를 있는 그대로 남김없이 보여주고 훌훌 떠나는 꽃들의 모습이 참으로 아름답습니다.

사람도 마찬가지겠지요. '천불생무록지인天不生無祿之人하고 지부장무명지초地不長無名之草라'. 이 세상에 이름 없는 풀이 없듯이 제 몫을 누리지 못할 사람도 없다는 말이지요. 행여 주위에 잘나고 잘사는 사람들만 시샘하고 부러워 말고, 오로지 내 자신의 존재를 있는 그대로 귀하게 받아들이고 나만의 아름다운 꽃을 한바탕 피워 볼 일입니다. 자, "봄날은 간다~" 걸쭉하게 한 곡조 뽑아 보지요.

유머 즐기기

삼동에도 웬만해선 눈이 내리지 않는

남도 땅끝 외진 동네에

어느 해 겨울 엄청난 폭설이 내렸다

이장이 허둥지둥 마이크를 잡았다

── 주민 여러분! 삽 들고 회관 앞으로 모이쇼잉!

　눈이 좆나게 내려부렀당께!

이튿날 아침 눈을 뜨니

간밤에 또 자가웃 폭설이 내려

비닐하우스가 몽땅 무너져내렸다

놀란 이장이 허겁지겁 마이크를 잡았다

── 워메, 지랄나부렀소잉!

　어제 온 눈은 좆도 아닝께 싸게싸게 나오쇼잉!

(중략)

다음날 새벽 잠에서 깬 이장이
밖을 내다보다가, 앗!, 소리쳤다
우편함과 문패만 빼꼼하게 보일 뿐
온 천지가 흰눈으로 뒤덮여 있었다
하느님이 행성만한 떡시루를 뒤엎은 듯
축사 지붕도 폭삭 무너져내렸다

좆심 뚝심 다 좋은 이장은
윗목에 놓인 뒷물대야를 내동댕이치며
우주의 미아가 된 듯 울부짖었다
─주민 여러분! 워따, 귀신 곡하겠당께!
　인자 우리 동네, 몽땅 좆돼버렸쇼잉!

─오탁번의 詩, 〈폭설〉 일부

유머(humor)라는 말이 본디 동식물의 체액, 수액을 뜻하는 라틴
어 'humanus'에서 유래했다고 하지요. 체액이 잘 흐르면 심신
에 도움이 된다는 뜻일 것입니다. 유머는 분명 건조한 삶에 활
기와 즐거움을 불어넣는 묘약이겠지요.

　사는 게 도대체 무슨 재미가 있다고 유머를 하고, 인생이 좀
편안하고 행복해야 웃지 않겠느냐고요? 그런데 거꾸로 생각해

보세요. 유머가 넘치는 말 속에 사는 재미도 우러나고, 일단 웃어야 행복을 느낄 수도 있다는 것, 꼭 잊지 마세요. 그러니 지금 바로 일부러라도 유머를 해보고, 그래 억지로라도 웃어야 하지 않겠는지요.

우스갯소리에 젬병인 제가 술의 힘을 빌려 가끔 즐기는 유머 하나가 있습니다. 어느 산골동네에 폭설이 내렸는데 이장님이 새벽같이 주민들에게 마을길 제설작업을 독려하며 마이크로 이르기를 "주민 여러분, 눈이 좆나게 많이 왔네요." 하더니만, 이튿날 새벽 다시 쌓인 눈을 보고는 "여러분, 어제 내린 눈은 좆도 아니네요." 또 사흘째 더 많이 내린 눈에 그만 질려가지곤 "여러분, 이제 우리 동네 좆돼버렸네요." 그랬다나요.

그런데 입심 좋은 시인은 이 저속하기 짝이 없는 유머를 너무 아름다운 시로 바꾸어 놓았네요. 거기에 아주 거시기한 에로티시즘까지 곁들여서 말이에요. 하지만 시인은 진짜 우스운 대목을 빠뜨렸지요. 그 산골동네에 나흘째 날에도 거푸 폭설이 내렸는데 결국 이장이 탄식하며 무어라고 말했는지 아세요? "주민 여러분, 진짜 나도 좆도 모르겠네요." 아마 그랬다지요.

설레는 마음

늘 푸른 소나무처럼 한결같은 마음을 지니게 해주십사고
기도합니다.
자신이 맡은 일에 정성을 다하는 성실함, 어떤 모양으로든지 관계를
맺는 이들에게는 변덕스럽지 않은 진실함을 지니고 매일을 살고
싶습니다.
힘겨운 시련이 닥치더라도 쉽게 좌절하지 않고 견디어내는 참을성으로
한 번밖에 없는 삶의 길을 끝까지 충실히 걷게 해 주십시오.

(중략)

살아있는 동안은 나이에 상관없이 능금처럼 풋풋하고 설레는 마음을
주십사고 기도합니다.
사람과 자연과 사물에 대해 창을 닫지 않는 열린 마음, 삶의
경이로움에 자주 감동할 수 있는 시인의 마음을 지니고 싶습니다.
타성에 젖어 무디고 둔하고 메마른 삶을 적셔줄 수 있는 예리한 감성을
항상 기도로 갈고 닦게 해 주십시오.

큰 하늘을 담은 바다처럼 내 마음도 한없이 넓어지고 싶습니다.

늘 부서질 준비가 되어 있는 파도처럼 내 마음도 더 낮아지고 깨지고

싶습니다.

그래야 넓고 아름다운 사람이 될 수 있음을 온몸으로 가르치는 바다여

파도여 사랑이여.

—이해인의 詩, 〈마음을 위한 기도〉 일부

세상 사는 일이 모두 다 마음의 조화라는 생각이 듭니다. 일의 가치나 삶의 행복이란 본질적인 문제들이 궁극적으론 스스로 어떤 마음을 갖고 일하고, 얼마나 다른 사람들과 마음을 나누며 사느냐에 달린 것이라고 여겨집니다. 법구경도 '모든 것은 마음이 근본이다. 마음에서 나와 마음으로 이루어진다'라는 말씀으로 시작되지요.

그런데 내가 분명 내 마음의 주인일진데, 한 순간에도 천리만리 달아나는 내 마음을 잘 지키고 다스리는 일이 정말 쉽지 않습니다. 그렇다고 그대로 가만히 붙들어 두기만 하면 어느 틈엔가 삿된 생각과 욕심의 때가 끼어 흐려지기 십상이니, 마음을 깨끗하게 닦는 일처럼 어려운 것이 또 있겠습니까?

이해인 수녀님은 이런 마음을 갖게 해달라고 기도하고 있습

니다. '소나무처럼 한결같은 마음, 호수처럼 고요한 마음, 바다처럼 넓은 마음, 첫눈처럼 순결한 마음, 등불처럼 따뜻한 마음, 볏단처럼 익을수록 고개 숙이는 겸손한 마음, 능금처럼 풋풋하고 설레는 마음.'

그저 아득하게 멀어 보이긴 하지만, 너무 아름다운 바람이지요. 그중에서도 '풋풋하고 설레는 마음'이 유달리 눈에 번쩍 뜨입니다. 나이 들면서 점점 곁에 눈길을 주지 않게 되는 사람들에게 꼭 필요한 마음이겠지요. 자연의 경이와 사랑의 신비에 가끔씩 마음 설레고 작은 기적과 잔잔한 고마움에 감동하면서 살아가는 당신, 언제나 눈부신 청춘입니다.

사람과 사랑

없는 사람이 살기는 겨울보다 여름이 낫다고 하지만, 교도소의 우리들은 없이 살기는 더합니다만, 차라리 겨울을 택합니다. 왜냐하면 여름 징역의 열 가지 스무 가지 장점을 일시에 무색케 해버리는 결정적인 사실 – 여름 징역은 바로 옆 사람을 증오하게 한다는 사실 때문입니다. 모로 누워 칼잠을 자야 하는 좁은 잠자리는 옆 사람을 단지 37°C의 열 덩어리로만 느끼게 합니다. 이것은 옆 사람의 체온으로 추위를 이겨 나가는 겨울철의 원시적 우정과는 극명한 대조를 이루는 형벌 중의 형벌입니다.

자기의 가장 가까이에 있는 사람을 미워한다는 사실, 자기의 가장 가까이에 있는 사람으로부터 미움 받는다는 사실은 매우 불행한 일입니다. 더욱이 그 미움의 원인이 자신의 고의적인 소행에서 연유된 것이 아니고, 자신의 존재 그 자체 때문이라는 사실은 그 불행을 매우 절망적인 것으로 만듭니다.

–신영복 지음, 《감옥으로부터의 사색》 중에서

옛 직장에서 같이 일했던 분이 《사람아, 아 사람아》라는 책을 선물로 보내왔습니다. 성공회대에 재직하다 은퇴하신 신영복 교수님, 그분이 번역하신 중국작가 다이 호우잉의 소설책인데 직접 친필 서명까지 얻은, 참 귀한 것이었습니다. 선물해 주신 분의 고마운 마음에 감동해서 단숨에 읽었지요.

신영복 교수님은 이 땅의 암울한 시대에 양심수로 꼬박 20년 20일이란 긴 세월을 감옥에서 지낸 분으로 잘 알려졌지요. 출옥 후에 소외된 사람들과 어려운 이웃들에 대한 뜨거운 인간애를 바탕으로, 모두 함께 더불어 사는 아름다운 공동체 사회를 향한 희망의 메시지를 우리에게 쉼 없이 보내주고 계십니다.

그분의 화두는 언제나 '사람과 사랑'입니다. 우리가 구하는 '진정한 지식과 정보는 오직 사랑과 봉사를 통해서만 얻을 수 있으며, 사람과의 관계 속에서 서서히 성장하는 것'이라고 깨우쳐 주십니다. 경쟁과 투쟁의 논리, 증오와 불신의 덫에 걸린 우리 사회에 그분의 맑은 영혼과 낮은 음성이 더욱 절실한 것 같습니다.

마음에 깊고 큰 울림을 주는 말씀들에 매료되어 그분의 책들을 침대 머리맡에 두고 잠들기 전에 읽어 보곤 하지요. 교수님이 출옥 후 맨 처음 세상에 펴내신 책 《감옥으로부터의 사색》에서 한 구절을 문득 떠올려봅니다. 역시 사람과 사랑에 대한 깊

은 성찰이 절절히 느껴지지요. 징역살이 하는 분이 차마 그럴진
대 아, 부끄러운 이 자유로움이여!

뻐꾸기 소리

물새는
물새래서 바닷가 바위 틈에
알을 낳는다.
보얗게 하얀
물새알.

산새는
산새래서 잎수풀 둥지 안에
알을 낳는다.
알락달락 얼룩진
산새알.

물새알은
간간하고 짭쪼름한
미역 냄새

바람 냄새.

산새알은

달콤하고 향긋한

풀꽃 냄새

이슬 냄새.

(후략)

-박목월의 동시, 〈물새알 산새알〉 일부

나는 새 중에서 뻐꾸기를 참 좋아합니다. 장자의 붕새는 너무 허황되어 싫고, 미당이 노래한 학은 고고함이 지나쳐 오히려 부담스럽고, 끊임없이 꿈꾸고 지독하게 도전하는 갈매기 조나단은 아무래도 영 내게 안 어울린다 싶지요. 앞산마루에 동그마니 앉아 뻐꾹뻐꾹 울어대는 뻐꾸기 소리가 그저 듣기 좋습니다.

　뻐꾸기 소리는 늘 유년시절을 선연히 머리에 떠올리게 합니다. 아직 풋풋한 청춘의 부모님이 계시고, 아늑한 집 마당에 아카시아 꽃향기가 무성하고, 소꿉동무들과 거의 알몸으로 뛰놀며 오르던 마을 언덕 위에선 이맘때면 하루 종일 뻐꾸기가 울었었지요. 참으로 그리운 옛 시절입니다.

문득 '인생의 길이'를 생각합니다. 한나절 울어대는 뻐꾸기 울음소리의 길이만큼도 안 남은 그 짧은 시간의 허허로움을 느낍니다. 다시 유년의 시절로 돌아가고 싶습니다. 세상은 아예 되돌릴 수 없고 거칠어진 몸도 마찬가지겠으나, 마음만은 얼마든지 천진했던 그 시절로 돌아갈 수 있지 않을까요?

오늘 새벽 숲길에서 뻐꾸기 소리를 듣고, 갑자기 옛날 초등학교 선생님으로부터 까만 표지로 된 박목월 님의 동시집을 상으로 받고 나서 그 표제시 〈물새알 산새알〉이 너무 좋아 밤새워 외우던 생각이 났지요. 가슴이 뛰고 마음 설레던 그때를 회상하며 이제 좀 유치해지자, 단순해지자, 소박해지자, 이렇게 다짐해봅니다.

행복한 삶

행복한 삶은 고난이 없는 삶이 아니라 고난을 이겨내는 삶이다. 행복은 끊임없이 굶주린 배를 채우는 일밖에 하지 못하는 야생동물에게는 아무런 의미가 없다. 행복해지려면 이성을 길러서 자신의 의지와 정신력을 일깨워야 한다. 다시 말해, 자기수양의 원리를 깨우쳐야 한다. 행복해지려면 행복을 낳는 일들을 해야 한다.

(중략)

요컨대 행복해지는 가장 간단한 방법은 선을 행하는 것이다. 행선行善은 곧 확실한 행복이다. 이것은 명백한 인과법칙이다. 우리가 행복해지려고 다른 모든 방법을 시도해봤자 결국 모두 실패하고 말지 않는가. 가시나무에서 무화과를 딸 수 없고, 엉겅퀴에서 포도를 딸 수 없다. 나무는 토양과 정기 속에서 순리에 따라 열매를 맺는다. 우리가 나무의 성장 조건을 제대로 맞춰주면서 잘 익은 황금 열매를 동경하는 시간을 견뎌낸다면 행복은 올 것이다. 틀림없이 온다. 이것이 바로 세상 만물의 원리이다. 만약 노력을 더하고 욕심을 덜어낸다면 그

청렴의 대가로 열매는 훨씬 더 달콤해질 것이다.

–헬렌 켈러 지음, 안기순 옮김, 《행복해지는 가장 간단한 방법》 중에서

흔히 남들과 비교하는 순간 행복은 스스로 포기하는 것과 마찬
가지라고 합니다. 공연히 남들의 눈을 의식하고 남들의 능력과
소유를 부러워함으로써 자신을 부자유롭고 불행하게 하지 말라
는 말이겠지요. 그런데 정말 자신이 불운하고 불행하다고 느껴
질 때 문득 머리에 떠올려 보는 것만으로도 위안이 되고 힘을
얻게 되는, 그런 사람이 있지요.

헬렌 켈러. 생후 두 살도 안 된 어린 나이에 열병을 앓고 나서
보고, 듣고, 말하는 능력을 한꺼번에 잃고 소리도 빛도 없는 암
흑 속에 갇히게 된 여성. 어떤 사람이 그녀의 신체장애보다 더
불운할 수 있을까요? 우리 모두 그녀와 비교하면 지금 이대로
얼마나 큰 은혜와 축복을 받은 것입니까?

그러나 그녀는 오로지 손의 촉각을 통해 글을 읽고 세상과 소
통하며, 초인적인 인내로서 자신의 운명에 도전했습니다. 그리
고 88세까지 천수를 누리면서 모든 사람이 우러르는 높은 이성
의 학문적 경지를 이루고, 평생 동안 빈자와 약자, 장애인 등 소
외계층을 도우며 사회에 봉사하는 위대한 삶을 살았습니다.

그녀는 '행복한 삶'은 고난이 없는 삶이 아니라 고난을 이겨내는 삶이요, '행복해지는 가장 간단한 방법'은 순리를 따르고 누군가에게 선을 행하는 것이라고 말합니다. 기적 같은 삶의 주인공다운 행복철학이지요.

친구여, 스스로 고난의 아픔을 견디고 또 그런 아픔을 겪고 있는 타인에게 선행을 베풀면서, 부디 달콤한 행복의 열매를 맛보시길!

나눔을 위하여

그러나 소유에 대한 애착이 인간의 본능이라면 '건강한 소유'를 생각할 수 있는 것은 '인간의 이성'이다. 인간이기에, 오로지 인간이기에 지나친 소유는 곧 덫이 된다는 것을 인식할 수 있으며, 나눔의 행복을 맛볼 수 있는 것이다.

(중략)

부자를 꿈꾸지만, 그 이유를 다른 데에 둘 수 있다는 것, 건강한 소유를 생각할 수 있다는 것, 나는 그들을 통해 인간의 아름다움을 발견한다. 인간미란 바로 이런 것이며, 진정 황홀한 것이다.

무엇이든 움켜쥐려고만 하는 사람들, 추운 겨울에 3백 원짜리 연탄 한 장이 없어서 냉방에서 벌벌 떨고 지내는 사람들을 외면하고 멸시하며 자기 집 난방은 반팔 옷을 입고 지내야 할 정도로 과도하게 쓰는 사람들, 소유에 대한 욕심으로 가득 차서 인간미가 깃들이지 않은 사람들…… 나는 이렇게 살아가고 있는 많은 사람들이 스스로 소유의 덫에서 빠져나올 수 있기를 기도하고 또 기도하였다.

살아있다는 것 자체가 엄청난 소유다. 그 소유를, 그 삶을 아름답게 하기 위하여 끊임없이 자신을 비우는 것, 끊임없이 타인과 나누는 것, 그럼으로써 많은 것을 얻어가는 것, 나는 그것이야말로 참삶이라고 믿는다.

－허기복 지음, 《세상에서 가장 따뜻한 밥상》 중에서

'연탄은행', 혹시 들어보셨는지요? 무슨 공동연탄창고쯤으로 생각하실지 모르지만, 실은 후원자들의 기부금과 자원봉사자들의 노력봉사를 바탕으로 불우한 이웃들에게 연탄을 나누어주는 봉사단체입니다. 지금 전국에 28개 지점이 설치되어 해마다 수백만 장의 연탄을 영세가정에 무상공급하고 있는데, 저도 그 은행에서 작은 역할을 맡고 있지요.

우리나라에 20만이 넘는 연탄 사용 가구가 있고, 그중 상당수는 제대로 연탄을 구입할 돈이 없어 한겨울을 냉방에서 떨고 지내는 게 현실입니다. 이들을 돌보지 않고 우리만 등 따습게 지내서야 우리 사회가 어찌 건강할 수 있겠습니까? '나눔'이야말로 경제 양극화로 치닫는 우리 사회를 하나로 통합시키고 그 안에 모두가 더불어 사람답게 살 수 있게 하는 길이겠지요.

연탄 한 장이 500원이니까 담배 한 갑 안 피면 연탄 10장, 한 가족이 며칠 동안 겨울밤을 따뜻이 지낼 수 있기에 충분한 양입니다. 누구든 연탄은행 홈페이지(www.babsang.or.kr)를 통해 소중한 뜻을 함께하실 수 있지요. 안도현 시인의 시구처럼 '삶은 나 아닌 그 누군가에게 기꺼이 연탄 한 장 되는 것'이라는데, 당장 연탄 한 장의 후원으로 어느 달동네 홀로 사는 노인의 얼어붙은 방구들에 따뜻한 온기를 전해주지 않으시려는지요?

연탄은행 대표인 허기복 목사님의 숱한 어려움 속에서 겪은 나눔의 체험담을 듣노라니, 한 사람의 희생적 사랑이 얼마나 많은 이에게 큰 힘이 되고 삶을 구원하게 되는지를 실감합니다. "살아있다는 것 자체가 엄청난 소유다. 그 소유를, 그 삶을 아름답게 하기 위하여 끊임없이 자신을 비우고 타인과 나누어야 한다."는 말씀에 조용히 마음 기울입니다.

까르페 디엠!

춤추라, 아무도 바라보고 있지 않은 것처럼,
(Dance like no one's watching)
사랑하라, 한 번도 상처받지 않은 것처럼,
(Love like you're never been hurt)
노래하라, 아무도 듣고 있지 않은 것처럼,
(Sing like nobody's listening)
일하라, 돈이 필요하지 않은 것처럼,
(Work like you don't need money)
살라, 오늘이 마지막 날인 것처럼,
(Live like it's heaven on earth)

-알프레드 수자의 詩 전문, 류시화 엮음,
《사랑하라 한 번도 상처받지 않은 것처럼》 중에서

나이 들수록 세월이 쏜살같다는 말이 실감납니다. 정말 달력을
쳐다보기 두렵게 일주일이, 한달이, 한철이 휙휙 지나가버립니

다. 나이 듦은 세월의 속도가 빨라짐에 다름 아닙니다. 시간이 빠르게 흘러가니까 당연히 시간이 모자랄 밖에요.

고대 로마의 철인인 세네카가 "사람은 항상 시간이 모자란다고 불평하면서, 마치 시간이 무한정 있는 것처럼 행동한다."고 말했지요. 영락없이 저의 어리석고 게으름을 질책하는 말로 들립니다. 제가 늘 시간이 없다고 하면서도 이것저것 할 일을 미루는 데만 급급하니까요.

고대인들의 좌우명으로 잘 알려진 '까르페 디엠(Carpe diem)'이라는 말이 있지요. 시간을 붙잡으라, 즉 내일을 믿지 말고 오늘 이 순간에 충실해야 한다는 뜻이겠지요. 좀 오버하면, 오늘이 마치 인생의 마지막 날인 것처럼 삶을 즐기라는 것인데, 하긴 오늘이 인생의 마지막 날이라고 하면 이 세상에 못할 일이 어디 있고 또 사랑은 얼마나 절실하겠습니까?

류시화 시인이 외국시를 번역해 엮은 책《사랑하라 한 번도 상처받지 않은 것처럼》. 우리나라 40대 이상 남자들이 가장 많이 사보았다는 시집인데, 저는 가끔 그 표제시를 혼자서 외워 보곤 합니다. 남들 눈치 보지 말고 내 방식대로, 그냥 즐겁게 최선을 다해, 오늘을 마지막 날처럼 살자는 내용이지요. 이미 올해도 절반이 아쉽게 지나갔지만 아직 180일이나 되는 유장한 시간이 남아 있거늘 친구여, 까르페 디엠!

시련을 극복하는 길

우리에게는 해치워야 할 시련이 많았다. 그러기 위해서는 먼저 고통스러운 현실을 애써 외면하려 하지 말고 똑바로 응시할 수 있어야 했다. 설령 감정이 복받쳐 올라 남몰래 눈물을 흘려야 했을지라도.

그러나 눈물 흘리는 걸 부끄러워할 이유는 없었다. 눈물은 그가 시련을 견딜 수 있는 용기를 가졌다는 걸 역설적으로 보여주는 것이었기 때문이다. 하지만 그렇게 생각하는 사람은 드물었고, 또다시 울고 말았다고 부끄러운 듯이 털어놓는 사람들이 대부분이었다. 동료 수감자 하나도, 고통스러운 부종을 어떻게 이겨냈느냐는 나의 질문에 이렇게 고백하는 것이었다. "눈물로 씻어 내렸지 뭐……"

　　　　　　　　－빅터 프랭클 지음, 이희재 옮김, 《삶의 의미를 찾아서》 중에서

변호사 일을 하다 보니 매일같이 걱정에 휩싸인 사람들을 만납니다. 사업 실패, 가족의 구속, 거래자의 배신 등등 모두가 삶의 길목에서 혹독한 시련을 겪고 있는 사람들이지요. 하긴 우리의

삶 그 자체가 곧 고통이요, 시련의 연속이라고 합니다. 그러나 희망이 보이지 않는 암담한 처지에서 시련을 견디기란 정말 힘든 것이지요.

사람마다 시련을 감내하는 능력이 모두 다르지만, 시련을 견디는 데 무슨 비결이 따로 있겠습니까? 그저 시련을 견뎌낸 후의 밝은 내 모습을 상상하고 긍정적으로 맞부딪는 것이겠지요. 그런데 그런 용기가 어떻게 생기느냐고요? 아무래도 시련을 극복한 자신의 미래를 본다는 것은 그 시련 속에서도 '삶의 의미'를 확실하게 붙든다는 말이 아닐까 싶습니다.

제2차 세계대전 당시 아우슈비츠에 수용되었다가 구사일생으로 구출되어 기적 같은 새 삶을 얻은 유대인 정신과의사인 빅터 프랭클은, 자신이 그 죽음의 수용소에서 무시무시한 공포와 죽음보다 더한 고통을 견뎌낸 힘이 곧 삶의 의미를 스스로 깨닫고 미래에 대한 목표 감각을 갖는 데 있었다고 말합니다.

그는 생전에 "왜(why) 살아야 하는지를 아는 사람은 어떻게(how) 시련을 이겨낼 수 있는지를 안다."고 한 니체의 말을 즐겨 인용하며, "그 모든 것에도 불구하고, 삶에 대해 예스라고 대답하라."는 가슴 절절한 명언을 남겼지요. 아무리 비참한 상황이더라도 반드시 살아야 할 이유, 삶의 의미가 있음을 기억하라고 외치는 그의 메시지를 무겁게 생각해 봅니다.

연꽃과의 만남

섭섭하게

그러나

아주 섭섭지는 말고

좀 섭섭한 듯만 하게,

이별이게,

그러나

아주 영 이별은 말고

어디 내생에서라도

다시 만나기로 하는 이별이게,

연꽃

만나러 가는

바람 아니라

만나고 가는 바람같이

(후략)

—서정주의 詩,〈연꽃 만나고 가는 바람같이〉일부

어제 오후 지방재판을 마치고 귀경하는 길에 전주 덕진공원에 들렀습니다. 마침 넓은 연못을 가득 메운 연꽃이 만발하여 장관을 이루고 있었지요. 참으로 황홀한 무아지경이었습니다. 이렇게 눈부시게 아름다운 수많은 연꽃을 한자리에서 한꺼번에 만날 수 있다는 것은 너무 큰 축복이지 싶었지요.

옛사람들은 매화, 국화와 함께 연꽃을 가장 품격 높은 꽃, 군자를 상징하는 꽃으로 알고 사랑했다지요. 중국의 어느 문장가가 그 까닭으로 설명하기를, "진흙탕에서 나왔지만 더러움에 물들지 않고, 맑은 물결에 씻기어도 요염하지가 않고, 속은 비었고 겉은 곧으며, 넝쿨도 뻗지 않고 가지도 치지 않으며, 향기는 멀수록 더욱 맑다."고 말했다는데 참 예리한 눈이지요.

모두 다 범인이 흉내조차 내기 어려운 품격이지만 '멀수록 더욱 맑게 들리는 향기'는 그야말로 높은 자리의 것이네요. 연꽃의 향기처럼 바로 눈앞에선 그저 무덤덤하지만 정작 보이지 않는 곳에서 묵묵히 도움을 주는 사람, 보통 땐 있는 듯 없는 듯 하다 정말 힘들고 어려울 때 힘이 되어주는 사람, 그런 사람의 향기가 들리시나요?

　노 시인이 노래하는, 연꽃을 만나러 가는 바람의 마음은 어떻고, 연꽃을 만나고 가는 바람은 또 어떤 마음일지요? 차마 만나고 싶어 애태우고, 또 만났다가 바로 헤어져 돌아서며 느끼게 되는 그런 그리움을 아예 다 잊으신 건 아닌지요? 당신에게 혹여 그런 사무친 만남의 연꽃이 없다면, 당신이 누군가에게 바로 그런 연꽃이 되어보세요.

물의 계절에

우리 인류는 지금까지 눈에 보이지 않는 마음보다도 알기 쉬운 물질 쪽에 눈을 빼앗겨왔습니다. 물질적인 풍요를 손에 넣기 위해 사람들은 숲은 베고, 사막과 싸우면서 문명을 이루어왔습니다. 물론 이것 또한 사랑에서 비롯된 행위입니다. 사랑하는 사람을 위해, 사랑하는 나라를 위해……. 그러나 그런 삶을 살아가는 한 투쟁은 끊임이 없습니다. 20세기까지 인류가 걸어온 역사는 투쟁의 연속이었습니다.

그러나 이제 그런 삶만으로는 미래가 보이지 않는다는 것을 알게 되었습니다. 우리는 풍요를 손에 넣기 위해 실로 많은 것을 회생시켰습니다. 숲은 파괴되었습니다. 깨끗한 물을 잃어버렸습니다. 땅덩이마저 잘라서 팔고 있습니다.

이제부터는 감사의 마음을 가져야 하겠습니다. 무엇보다 우리는 주어진 환경에 감사해야 합니다. 풍요로운 자연이 있는 지구에 태어난 것을 감사하고, 우리를 길러준 물에 감사해야 합니다. 가슴 가득 맛있는 공기를 들이켤 수 있다는 것이 얼마나 대단한 일입니까. 눈을 떠보면 세계는 감사해야 할 대상으로 가득합니다. 당신이 감사 그 자체가 되었을 때, 당신의 몸을 가득 채운 물은 한없이 깨끗해질 것입니다. 그때 당신은 빛나는 결정 그 자체가 되는 것입니다.

–에모토 마사루 지음, 양억관 옮김, 《물은 답을 알고 있다》 중에서

장마가 한창인 요즈음, 마냥 끈적거리는 물기가 마음까지 온통 흐늘거리게 합니다. 그러나 우리 몸의 70%가 물이라니까 물은 곧 우리 몸의 생명의 근원이 되는 것, 생명력이라고 하겠지요. 연중 가장 물이 많은 이 시절에 스트레스는 아예 떨쳐버리고, 물로부터 생명의 기운을 듬뿍 얻으시길 기원합니다.

노자는 '상선약수上善若水'라 하여, 사람이 사는 최상의 모습이 물과 같아야 한다고 설파했지요. 그리고 '다투지 않고(不爭)', '모두 싫어하는(낮은) 곳으로 향하는(處惡所)' 두 가지 물의 성질을 특별히 강조합니다. '다투지 않음'과 '자기 낮춤', 우리의 삶을 지혜롭게 가꾸는 중요한 덕목이 아닐 수 없지요.

마침 온 나라 안이 4대강 문제로 떠들썩합니다. 물의 계절에 물의 담론이 봇물을 이루고 있지요. 국가의 백년대계를 위한 일이니 신중하고 충분한 논의가 꼭 필요할 것입니다. 부디 물의 지혜처럼 서로 다투려만 들지 말고, 자기를 낮추고 상대방에게 귀 기울이면서, 우리와 우리 후손들의 삶의 질 그리고 인간과

자연의 조화로운 공존을 함께 걱정해야 될 일입니다.

《물은 답을 알고 있다》는 물 속에 삶의 지혜가 있음을 가르쳐주는 책입니다. 물의 결정에 관한 연구가인 저자는 물에게 온갖 말이 쓰인 쪽지를 보여주고 그 결정의 변화를 관찰하는 실험을 했는데, '사랑'과 '감사'라는 말을 보여준 물이 가장 아름다운 결정의 모습을 나타냈다고 증언합니다. 글쎄 믿거나 말거나, 새삼스럽게 사랑과 감사의 힘을 생각하게 되지요. 그렇다면 사람의 몸도 물인즉, 스스로 사랑과 감사의 마음을 지녀야 내 몸을 아름다운 물의 결정으로 가득 채우게 되고, 그래야만 내 몸에서 건강한 에너지가 발휘되지 않을까요?

영혼의 마음

할머니는 사람들은 누구나 두 개의 마음을 갖고 있다고 하셨다. 하나
의 마음은 몸이 살아가는 데 필요한 것들을 꾸려가는 마음이다. 몸을
위해서 잠자리나 먹을 것 따위를 마련할 때는 이 마음을 써야 한다.
그리고 짝짓기를 하고 아이를 가지려 할 때도 이 마음을 써야 한다.
자기 몸이 살아가려면 누구나 이 마음을 가져야 한다. 그런데 우리에
게는 이런 것들과 전혀 관계없는 또 다른 마음이 있다. 할머니는 이
마음을 영혼의 마음이라고 부르셨다.

만일 몸을 꾸려가는 마음이 욕심을 부리고 교활한 생각을 하거나 다
른 사람을 해칠 일만 생각하고 다른 사람을 이용해서 이익 볼 생각만
하고 있으면…… 영혼의 마음은 점점 졸아들어서 밤톨보다 더 작아
지게 된다.

(중략)

영혼의 마음은 근육과 비슷해서 쓰면 쓸수록 더 커지고 강해진다. 이
마음을 더 크고 튼튼하게 가꿀 수 있는 비결은 오직 한 가지, 상대를

이해하는 데 마음을 쓰는 것뿐이다. 게다가 몸을 꾸려가는 마음이 욕심 부리는 걸 그만 두지 않으면 영혼의 마음으로 가는 문은 절대 열리지 않는다. 욕심을 부리지 않아야 비로소 이해라는 것을 할 수 있기 때문이다. 반대로 더 많이 이해하려고 노력하면 영혼의 마음도 더 커진다. 할머니는 이해와 사랑은 당연히 같은 것이라고 하셨다. 이해하지도 못하면서 사랑하는 체하는 사람들이 있긴 하지만, 그런 사랑은 진정한 사랑이 아니라고 하시면서.

—포리스트 카터 지음, 조경숙 옮김, 《내 영혼이 따뜻했던 날들》 중에서

작게는 부부싸움에서부터 널리 사회적 갈등이나 종교간 대립에 이르기까지, 이 모든 것들이 궁극적으로는 상호 이해부족에서 연유한다고 생각됩니다. 이를 근본적으로 치유하고 사랑과 화해, 소통과 통합을 이루기 위해서는 무엇보다 타인에 대한 이해가 필요할 것입니다. 그런데 그게 말과 같이 참 쉽지 않지요. 참된 이해를 위해서는 글쎄 어떻게 해야 할까요?

　타인을 바로 이해하려면 무엇보다 자신의 몸과 마음을 낮추는 자세가 필요하다고 봅니다. 겸손하지 않고, 자신의 능력을 과신하거나 고압적으로 권위를 내세우려 들면, 앞에 마주한 상대방을 정확히 이해할 수 없겠지요. '이해하다' 는 의미의 영어

단어 'understand' 는 '아래에(under) 서다(stand)' 는 뜻이라고 합니다.

또한 타인을 바로 이해하기 위해선 그 사람의 처지에 서서 생각하는 태도가 필요할 것입니다. 내 기준으로만 바라보면 상대방을 제대로 알 수 없으니 입장을 바꾸어 상대방의 마음을 헤아려야 한다는 것, 즉 역지사지하는 것이지요. 위와 같은 영어식으로 군이 말하자면 '상대방 쪽에(counter) 서다(stand)' 는 뜻으로 'counterstand' 라는 조어造語가 어떨까요?

오래 전에 친구로부터 《내 영혼이 따뜻했던 날들》이란 책을 선물 받고 단숨에 읽었었는데, 제목처럼 내용도 참 아름다웠지요. 사람이 죽어 다시 태어날 때 그대로 지니게 된다는 '영혼의 마음'이 남을 이해하려고 노력하는 데서 자라고, 그런 이해가 곧 사랑이라고 하는 주인공 인디언 할머니의 말씀이 마음에 깊이 와 닿습니다.

공동체 사회를 꿈꾸며

사람은 아무도 그 자체로 온전한 외딴 섬이 아니다.

모든 사람은 대륙의 한 조각, 본토의 일부이다.

흙 한 덩이가 바닷물에 씻겨나가면, 대륙은 그만큼 작아진다.

그건 곶이 씻겨나가든, 네 친구나 네 자신의 영지가 씻겨나가든

모두 마찬가지다.

누구의 죽음이든 그것은 나를 그만큼 사라지게 하는 것이다.

왜냐하면 내 자신이 곧 인류에 속해 있기 때문이다.

그러니 누구를 위해서 저 조종弔鐘이 울리는지 알아보려고

사람을 보내지 마라.

그 조종은 그대의 죽음을 알리기 위하여 울리는 것일지니.

-존 던의 詩, 〈누구를 위하여 종은 울리나〉 전문

세계에서 가장 살기 좋은 나라로 알려진 덴마크에서는 엄마가
아이를 낳으면 '당신의 아이는 이제 당신의 아이가 아닙니다'

라고 쓰인 팸플릿을 준다고 합니다. 사회 전체가 함께 보살피고 키워갈 아이라는 뜻이겠지요. 한 생명의 탄생을 비단 그 엄마와 가족들만의 문제로 보는 게 아니라 사회 구성원 모두 함께 떠안아야 할 공동의 몫으로 여기는 것이지요.

최근의 갤럽 조사에 따르면, 세계 155개국을 상대로 한 국민의 행복도 조사에서 바로 이 덴마크가 1위를 차지했다고 합니다. 물론 이 나라가 경제력으로 그렇게까지 우수한 것은 결코 아니지요. 꼭 부유하지 않더라도 서로 손잡고 함께 나누며 사는 공동체 사회가 얼마든지 행복할 수 있음을 보여주는 좋은 징표입니다.

나만 잘살면 그만이라는 이기적인 생각으로 서로 제각각 살아가는 개인주의 사회는 아무리 눈부신 경제성장을 자랑하여도 별수 없이 하류국가요, 그 국민은 늘 불행할 것입니다. 선진사회가 되고 행복한 국민으로 살려면, '나 혼자'가 아니라 '우리 함께'라는 생각, 모두가 책임과 운명을 같이한다는 인식, 이런 '공동체 의식'이 꼭 필요하지 않을까요?

문득 헤밍웨이의 소설 제목으로 원용되기도 했던 〈누구를 위하여 좋은 울리나〉라는 시를 읽어봅니다. '누구의 죽음이든 그것은 나를 그만큼 사라지게 하는 것'이라는데, 지금 이웃에 누군가의 죽음을 알리는 저 조종弔鐘의 울림은 더불어 살아가야 할 모든 사람을 위한 영혼의 종소리가 아닐지요.

가족의 소중함

"나, 보고 싶을 거는 같애?" 아버지는 엄마를 더 이상 마주 보지 못하고 고개만 끄덕여주었다. 엄마가 또 묻는다.

"언제? 어느 때?" "… 다." "다 언제?"

"아침에 출근하려고 넥타이 맬 때."

"… 또?" "맛없는 된장국 먹을 때."

"또?" "맛있는 된장국 먹을 때." "또?"

묻는 엄마도, 대답하는 아버지도 점차 목소리가 잦아들고 있었다. 아버지는 엄마를 보지 않은 채 마음속에 빗장처럼 걸려 있던 말들을 하나씩 뱉어냈다.

"술 먹을 때, 술 깰 때, 잠자리 볼 때, 잔소리 듣고 싶을 때, 어머니 망령 부릴 때, 연수 시집갈 때, 정수 대학 갈 때, 그놈 졸업할 때, 설날 지짐이 부칠 때, 추석날 송편 빚을 때, 아플 때, 외로울 때……"

아버지의 고백이 이어지는 동안 엄마는 물기를 가득 머금은 눈으로 주위를 두리번거렸다. 엄마도 차마 아버지의 얼굴을 마주 보지 못할 만큼 감정의 진폭이 커지고 있었다.

"당신 빨리 와. 나 심심하지 않게."

기어이 엄마 눈에서 눈물이 흐른다. 아버지는 엄마를 와락 껴안았다. 그리고 더 이상 눌러둘 수 없는 슬픔을 꺽꺽 토해냈다.

-노희경의 소설, 《세상에서 가장 아름다운 이별》 중에서

며칠 전 대학로에서 〈세상에서 가장 아름다운 이별〉이란 연극을 관람했습니다. 한 중년여인을 중심으로 가족의 사랑이야기를 엮은 아주 평범한 스토리인데도 연극을 보면서 시종 울다시피했지요. 주인공은 숱한 어려움 속에서도 가족들을 성심껏 돌보며 살아오다가 어느 날 갑자기 말기암 선고를 받게 됩니다. 그동안 그녀를 무심하게 바라보며 지내온 가족들은 그녀와의 이별을 준비하면서 비로소 "사랑한다, 고맙다."는 말을 전하지요.

9 · 11테러, 대구지하철사고 등으로 갑자기 참변을 당한 희생자들이 목숨이 절박한 마지막 순간에 이 세상에 남긴 휴대폰 문자는 한결같이 가족에 대한 사랑의 메시지였다고 합니다. 그들이 죽음을 눈앞에 둔 상황에서 모두 이별하는 가족들을 떠올렸다는 것은 우리가 평소 무엇을 위해 살아야 하는가, 가족의 소중함이 얼마나 무거운 것인가를 잘 일깨워 줍니다.

물론 가족이라고 항시 기쁨과 믿음과 사랑만 나누는 것은 절대 아니지요. 가족은 가장 가까운 만큼 상처받기도 쉬운 사이고, 이런저런 갈등이 많은 것도 사실입니다. 하지만 분명한 것은 '가족을 떠나서 내가 살아갈 수 없다는 것', 아닐까요? 그어떤 관계보다도 가족과의 화해가 절실한 까닭이지요. 더러 마음 아프고 미워하다가, 다시 웃고 보듬으며 상처까지 끌어안아야 진정한 가족이라고 할 수 있을 것입니다.

연극의 원작소설인 노희경의 《세상에서 가장 아름다운 이별》 속에 주인공 부부가 죽음으로 이별하기 전에 마지막 나누는 대사를 읽으니, 또 마음이 뜨거워집니다. 누구나 가족과 이별하게 되지요. 그러나 언제, 어떻게 가족과 이별하게 될지 아무도 모릅니다. 이별하고 난 뒤에 효도하고 사랑한들 다 무슨 소용 있나요. 이별 후에 후회 말고 오늘 당장, 소중한 가족에게 고맙다, 미안하다, 사랑한다는 말들 꼭 건네자고요.

나무처럼 살고 지고

(전략)

나무가 맑은 하늘을 우러러 살듯
우리도 그렇게
살 일이다.
잎과 잎들이 가슴을 열고
고운 햇살을 받아 안듯

나무가 비바람 속에서 크듯
우리도 그렇게
클 일이다.
대지에 깊숙이 내린 뿌리로
사나운 태풍 앞에 당당히 서듯
나무가 스스로 철을 분별할 줄을 알듯
우리도 그렇게

살 일이다.

꽃과 잎이 피고 질 때를

그 스스로 물러설 때를 알 듯

-오세영의 詩, 〈나무처럼〉 일부

녹음의 계절, 바야흐로 나무들의 푸르름이 절정입니다. 숲길을
거닐며 나무들의 이름을 하나씩 불러봅니다. 소나무, 아카시나
무, 굴참나무, 갈참나무, 떡갈나무, 상수리나무, 이팝나무, 밤나
무, 오리나무, 배롱나무, 느티나무, 오동나무, 생강나무, 쪽동백
나무…… 아! 그리고 아무도 모르게 길섶에 서있는 '내 나무'.

　나무들도 저마다 빛나는 영혼을 지니고 있는 듯합니다. 그래
서 사람의 인격처럼, 나무들에게도 목격木格이 있다고 생각합니
다. 그러니 인간이 마땅히 그 격을 존중해주어야 하겠지요. 오
로지 자신에게 철저한 삶을 살면서도, 싹이 나서 쓰러져 흙이
될 때까지 일생동안 온통 인간에게 베풀며 사는 나무들, 참 신
비하고 고마울 따름이지요.

　나무들의 늙어감은 특히 아름답습니다. 나무들은 나이를 밖
으로 드러내지 않고 몸 안에 나이테로 새겨둘 뿐입니다. 또한
고목이 될수록 더 넓은 그늘을 드리우고 더 많은 둥지를 내주지

만, 오히려 소리는 더 낮아지고 몸짓도 순해집니다. 늙어가면서 나이를 내세워 대접만 받으려고 하고, 일신의 안락만을 좇으며 이리저리 요란하게 나대는 인간들이 사뭇 부끄러워해야 할 모습이지요.

나무들은 서로 손잡고, 하늘을 우러르고, 비바람을 맞으며, 세월의 흐름에 몸을 맡기고 살아가지요. 시인이 노래하는 '나무처럼' 살고 싶습니다. 이웃들과 함께 어울리고, 신을 받들어 공경하며, 세상풍파에 담담히 견디고, 자연의 순리를 겸허하게 따르는, 그런 나무 같은 삶을 가꾸고 싶습니다.

8월의 아침에

난리 속에 살다보니 백발이 성성하구나.

그동안 여러 번 목숨을 끊으려 했으나 뜻을 이루지 못했다.

이제는 더 이상 어찌할 수 없게 되었구나.

가물거리는 촛불이 푸른 하늘을 비치는도다.

요망한 기운에 가려 임금자리 별이 옮겨지더니,

구중궁궐 침침해 글은 새고 더디구나.

이제는 따르고 좇을 조칙詔勅마저 다시없을 테니,

옥같이 아름다웠던 조서詔書에 천 가닥 눈물이 흐르는구나.

새와 짐승이 슬피 울고 바다와 산도 낯을 찡그린다.

무궁화 이 강산이 속절없이 망했구나.

가을 등잔불 밑에 책 덮고 천고의 역사를 회고해 보니,

참다운 지식인 되어 인간답게 살기 어렵도다.

일찍이 나라 위해 터럭만한 공도 못 세운 내가

다만 인仁을 이루고자 함이니 이를 충忠이라 할 수 있겠는가?

겨우 윤곡尹穀의 뜻을 따를 뿐,

마땅히 진동陳東처럼 몰아붙이지 못함이 부끄럽도다.

－황현의 〈절명시絶命詩〉 중에서

그 옛날 몽고군이 한반도를 유린했던 때, 적의 포로가 되어 이역만리 중국 땅으로 끌려간 고려 여인들은 온갖 고초를 겪은 후에 꿈에도 그리던 고국 땅을 찾아왔습니다. 이름 하여 '환향녀還鄕女'이지요. 그런데 고려사회는 죄 없는 그녀들을 박대하고 심지어 가문에서 아예 내쫓기도 했습니다. 절개를 잃은 '화냥년'이라고 돌팔매질하면서 말입니다.

조선을 침략한 일제는 조선의 여인들을 '종군위안부'로 전선에 끌고 다니면서 성의 노리개로 삼았습니다. 그러나 천신만고 끝에 돌아온 그녀들도 반세기가 넘도록 우리 사회의 무관심 속에 참으로 힘겨운 삶을 살아야 했지요. 최근에 정부에서 받은 쥐꼬리만한 생활지원금을 모아 복지단체에 기부했다는 어느 위안부 할머니 이야기가 우리를 부끄럽게 합니다.

나라를 빼앗긴 달, 그리고 그 나라를 되찾은 달 8월을 맞으며 왜 우리에게 그런 수난의 역사가 있었을까 생각해봅니다. 반드시 약소국의 운명이고, 적대국의 야욕 때문이었을까요? 내가 곧 나라의 주인이라는 생각, 나라를 지키고 굳건히 해야 할 책임이 내 몫이라는 생각, 우리 모두 그런 의식이 부족했던, 바로 '내 탓'은 아니었을까요?

그동안 '유감' 소리만 하다가, 꼭 100년이 지난 며칠 전에야 한일합병이 강제였다고, 그것도 교묘하게 에둘러 밝힌 일본 정부의 태도가 참 '유감'스럽지요. 일제가 조선을 합방한 날, "500년 사직이 무너졌는데 한 사람의 선비도 죽지 않아서야 되겠느냐."며 목숨을 끊은 황현, 그 뒤를 이어 일제의 창씨개명에 항거하여 자결한 황원, 두 형제의 절명시를 온몸으로 읽습니다. '난작인간식자인難作人間識字人', 참다운 지식인 되어 인간답게 살기 어렵도다.

그냥 좋아하세요

지나간 명화 〈쉐난도(Shenandoah)〉에서는 '사랑한다(love)'는 말과 '좋아한다(like)'는 말이 엄격히 구별되고 있어서 인상적이다.

앤더슨 씨의 딸 제니를 사랑하는 청년 샘이 앤더슨 씨를 찾아와 제니와 결혼하고 싶으니 허락해달라고 청한다. 앤더슨 씨가 "왜 제니와 결혼하려고 하는가?"하고 묻자 청년은 "제니를 사랑하기 때문입니다."라고 대답한다. 그러자 앤더슨 씨는 "그것은 충분한 이유가 못 돼."하고 답한다. 당황해하는 샘에게 앤더슨 씨는 "사랑하는 것과 좋아하는 것은 다르지."하며 그가 터득한 삶의 진실을 가르쳐 준다. "어떤 여자를 좋아하지도 않으면서 사랑하게 되면 그와 하룻밤을 지내는 일조차 지겹고 싸늘하게 느껴지는 거야! 그런 밤을 지내고 나면 이튿날 아침엔 경멸만 남지!"하면서 사랑함보다 좋아함이 더 중요하다고 가르친다.

인생을 달관한 경지에서 사위가 될 사람에게 들려준 이 말을 무슨 뜻일까? 젊은 남녀간의 사랑이란 자석의 N극과 S극처럼 서로 신비로운 힘에 의해 끌리면서 시작된다. 그러나 이렇게 신비로운 사랑으로

출발한 남녀가 서로를 좋아하게 되느냐 하는 것은 별개의 문제가 된
다.

우리는 흔히 외모만 알고 있는 이성을 흠모하며 열렬히 구애, 결혼하
고 살다가 상대방이 싫어지는 일이 생긴다. 취미와 정서, 인격과 가
치관 등 내면적 깊이의 세계가 그 사람을 계속 좋아하거나 싫어하는
요소로 작용하기 때문이다.

－윤석철 지음, 《경영 · 경제 · 인생 강좌 45편》 중에서

지난 주말 근대조각의 선구자로 불리는 로댕 전시회에 다녀왔
습니다. 기독교에서는 태초에 조물주인 신이 흙으로 인간을 빚
고 그 안에 영혼을 불어넣었다 하지요. 로댕의 작품도 '신의
손'이 빚어놓은 것처럼, 한마디로 '영혼이 깃든 조각'들이었습
니다. 그의 대표작으로 알려진 〈입맞춤〉이라는 두 연인상을 바
라보며 온몸에 짜릿한 기운을 느꼈지만, 글쎄 회춘까지야.

로댕의 제자로 입문했다가 24세나 연상인 그의 연인이 되었
다는 까미유 끌로델의 작품도 있더군요. 그녀의 파란만장한 삶
과 비극적인 사랑이 오래 여운을 남깁니다. 로댕을 너무나 사랑
했고, 그 사랑이 깨진 후로 무려 30년의 세월을 정신병원에 갇
혀 지내다가 끝내 쓸쓸히 죽음을 맞았다는 그녀. 어쩌면 사랑이

이렇게 깊은 병이 되는 걸까요?

이제 너무 붙들고 사랑하지 맙시다. 그저 바라보고 좋아합시다. 'love' 는 내 감정을 앞세우고 마냥 집착하는 것이지만, 'like' 는 가만히 마음을 내주고 함께 교감하는 것이지요. 지금 당신 곁에 있는 그 누군가의 코고는 소리, 땀 냄새, 눈가의 주름진 모습까지 모두 그냥 '있는 그대로' 좋아하면 어떨지요.

그런데 내가 좋아하는 건 그렇다 치고, 누가 날 이대로 좋아해 줄까 그게 걱정이라고요? 아무 대책 없이 무작정 나를 좋아해 주길 바라는 것은 분명 바보겠지요. 경영학의 원로이신 윤석철 교수님도 사랑함보다 좋아함이 더 중요하다고 강조하며, 내 스스로 '좋아서 끌리는 힘', 매력을 줄 수 있어야 한다고 가르치시는데, 도대체 그런 매력을 어떻게 가꾸나요?

희망을 노래하다

날이 개이면
새로 산 자전거를 타고
힘들여 페달을 밟으며

될수록 소로길을 찾아서
개울길을 따라서
흐드러진 코스모스 꽃들
새로 피어나는 과꽃을 보면서 가야지

아는 사람을 만나면 자전거에서 내려
악수를 청하며 인사를 해야지
기분이 좋아지면 휘파람이라도 불어야지

(중략)

시장 가서는

아내가 부탁한 반찬거리를 사리라

생선도 사고 채소도 사 가지고 오리라

-나태주의 詩, 〈희망〉 일부

그리스 신화에 나오는 인류 최초의 여성, 판도라가 신탁을 어기고 제우스 신의 선물상자의 뚜껑을 여는 순간 그 안에 들어 있던 온갖 질병과 시기, 질투, 증오, 원한, 복수심, 분노와 같은 모든 재앙들이 빠져나오고, 그녀가 깜짝 놀라 뚜껑을 닫는 바람에 미처 밖으로 나오지 못한 유일한 것이 희망이었다고 합니다. 희망만이 인간을 괴롭히는 모든 사악함에 대적할 수 있다는 걸 말해주는 이야기겠지요.

희망이 가장 소중한 축복이라고 말합니다. 그렇지요. 사는 게 아무리 팍팍하고 힘겹기로서니, 희망이 있는 한 삶은 여전히 아름답고 설레는 것이요, 희망을 버리지 않는 한 그 어떤 고난과 시련, 불의와 부조리도 끝내 당신에게 굴복할 것입니다. 어느 시구처럼, 절망의 반대가 희망이 아닙니다. 어두운 밤하늘에 별이 빛나듯 희망은 절망 속에 싹트는 것이니까요.

그런데 희망이 너무 멀리 있다고요? 기적 같은 선물이 아니냐고요? 반드시 그런가요? 희망이 꼭 그렇게 거창하고 버겁기만 한 것일까요? 우리가 일상에서 늘 마주치거나 우연스레 겪게 되는, 그런 아주 사소하고 하찮은 것들이 얼마든지 희망이 될 수 있지 않을까요? 희망은 곧 스스로 찾는 사람에게만 뜨거운 느낌으로 다가오는 삶의 기쁨 같은 게 아닐까요?

나태주 시인의 〈희망〉이란 시편을 읽으니, 시인이 살아가는 하루의 생활이 온통 희망의 연속이네요. 꽃을 보며 활짝 웃고, 아는 사람과 반갑게 악수하고, 아내 심부름에 흥을 내고……. 그런데 절망이라뇨. 자, 콧노래 돋우고, 부지런히 희망을 찾고, 실컷 희망을 느끼면서 행복한 하루를 걷지 않으실래요?

산에서 배운다

넘치는 것이 결국 결핍이라는 사실을 깨닫게 되면 소유, 쾌락, 교만 등의 행위들로 가득한 삶은 도가 아닌 에고를 따르는 삶임을 알게 된다. 겸허한 삶은 언제 멈추고, 언제 놓아 보내고, 언제 우리 노력에 대한 열매를 즐겨야 할지를 안다. 따라서 더 높은 지위, 더 많은 재산, 더 강한 권력, 더 많은 권한과 물질을 좇는 것은 이미 잘 갈아놓은 칼을 또다시 숫돌에 가는 것만큼이나 어리석다고 말한다. 계속해서 칼을 가는 것은 날카로운 날을 오히려 무디게 만들 뿐이다.

노자는 재산을 모아 축적하는 것을 경계하라고 한다. 이러한 태도는 우리로 하여금 소중한 삶을 낭비하고, 자꾸 더 많은 것을 필요로 하게 만든다. 그리고 노자는 겸허한 삶을 실천하라고 이른다. 부와 명예를 가지려고 한다면, 최소한 그것들을 추구하는 단조롭고 피곤한 길에서 물러나 도를 실천하며 살아야 할 때가 언제인지 알아야 한다. 이것은 더 많은 것을 추구하는 데 중독된 이 세속적인 세상과 반대되는 하늘의 길이다.

−웨인 다이어 지음, 신종윤 옮김,
《서양이 동양에게 삶을 묻다 − 웨인 다이어의 노자 읽기》 중에서

한동안 회무를 맡아온 산악회로부터 퇴임 기념패를 받았는데, 그 안에 '산지겸山地謙'이란 글귀가 생소했습니다. 평소 존경하는 선배 법조인께서 그에 관한 아주 귀한 가르침을 주셨지요. '산의 땅에 대한 겸손한 자세'를 가리키는 말이라고 합니다. 집에 돌아와 살펴보니, 바로 주역周易에 나오는 효사爻辭 중의 하나더군요.

산은 땅보다 위엄하지만 땅을 지배하려 들지 않고 오히려 제 몸을 낮추어 땅과 조화를 이룹니다. 산은 땅 위로 솟거나 땅 밑으로 계곡을 만들지만, 적당한 높이와 깊이에서 이내 멈추고 땅으로 돌아옵니다. 산은 땅에게서 물과 온갖 자양을 취하여도, 욕심껏 갖거나 채우지 않고 때가 되면 땅에게 모두 내어놓고 자기를 비울 줄 압니다.

우리가 세상을 사는 삶의 모습도 이러해야 하지 않을까요? 세상에 그 어떤 명리나 부귀도 겸손의 미덕을 모르면 그저 누추하고 허망할 뿐이지요. 아무리 좋은 재물, 귀한 지위일지라도 자기 분수를 넘지 않게 삼가고 절제하며 스스로 만족할 줄 아는 안분지족의 지혜가 우리의 삶을 정말 빛나고 값지게 하는 것이리라 생각합니다.

삶의 지혜를 도에서 찾고, 그 도의 근본이 바로 겸손에 있다고 설파한 노자의 도덕경 9장을 서양인 웨인 다이어는 이렇게 새기고 있지요.

"이 정도면 충분하다는 마음을 간직하라. 더 많은 것을 소유하고 싶은 유혹이 당신을 찾아오면 잠시 하던 일을 멈추고 도를 생각하라. 그것이 바로 하늘의 길이다."

자, 친구여, 계영배戒盈杯에 못다 채운 술 한 잔 받으시게!

청문정국 유감

친구가 원수보다 더 미워지는 날이 많다.

티끌만 한 잘못이 맷방석만 하게

동산만 하게 커 보이는 때가 많다.

그래서 세상이 어지러울수록

남에게는 엄격해지고 내게는 너그러워지나 보다.

돌처럼 잘아지고 굳어지나 보다.

멀리 동해 바다를 내려다보며 생각한다.

널따란 바다처럼 너그러워질 수는 없을까.

깊고 짙푸른 바다처럼

감싸고 끌어안고 받아들일 수는 없을까.

스스로는 억센 파도로 다스리면서

제 몸은 맵고 모진 매로 채찍질하면서.

-신경림의 詩, 〈동해바다 후포에서〉 전문

잊을 만하면 찾아오는 청문聽聞정국을 지날 때마다 마음이 참 답답해집니다. 나라의 내로라하는 장관, 선량들의 전력을 보노라면 위장전입, 부동산투기, 세금탈루, 병역기피 의혹 등등 국민의 신성한 4대 의무(교육, 근로, 납세, 국방)가 참 무색해지지요. 모두들 수범垂範이 되어야 할 사회지도층이 실망스럽다고 소리 높여 비난합니다.

그런데 그게 꼭 그 사람들만 탓하면 될 문제인가? 나는 그동안 어떻게 살았고 과연 떳떳한가? 내사 장관도 선량도 아니니까 아무 상관없다고 얼버무리면 그만일까? 이런 생각에 닿으면 마음이 곧 불편해집니다. 내가 적어도 품격 있는 삶을 추구하는 사람으로 자처한다면, 스스로 나를 '청문' 해 보는 것도 필요하지 싶습니다. 대부분 '내가 하면 로맨스, 남이 하면 스캔들' 하는 식의 이중 잣대를 갖고 삽니다. 솔직히 저부터 그러하지요. 물론 '이기적 유전자'를 지닌 평범한 인간의 태생적인 한계일 것입니다. 그러나 그 이중 잣대가 모름지기 '남'과 '나'에게 공평해질 때 세상은 진짜 살맛이 나지 않을까요? 아니, 남에게 관대하고 자신에게 엄격한 이중 잣대가 내 참된 삶을 위해 꼭 필요한 것, 아닐까요?

이 시대 널리 존경받는 노 시인은 평생을 남에게 너그러우면서 자신을 모질게 다스린 분이시지요. 그야말로 남에게는 봄바

람처럼, 자신에게는 가을서리처럼, '대인춘풍 지기추상待人春風
持己秋霜'의 길을 걸어온 시인이 넓은 바다 억센 파도 앞에 서서
노래한 참삶을 위한 사색의 시편을 삼가고 또 삼가는 마음으로
조용히 읽어봅니다.

풍요로운 지구, 굶주리는 삶

"잘못된 것 안에 올바른 삶은 없다."라고 했던 아도르노(1903~1969,
독일의 철학자)의 말처럼 고통으로 가득 찬 세계에 행복의 영토는 없다.
우리는 인류의 6분의 1을 파멸로 몰아넣는(소수의 자본가에 의해 지배되는)
세계 경제질서에는 동의할 수 없다. 이 지구에서 속히 배고픔이 사라
지지 않으면 누가 인간성, 인정을 말할 수 있겠는가! 오늘날 인류로
부터 배제되고 남모르게 파멸해가고 있는 이런 '고통스런 분파'(파블
로 네루다)는 다시 인류 속으로 편입되어야 한다.

소수가 누리는 자유와 복지의 대가로 다수가 절망하고 배고픈 세계
는 존속할 희망과 의미가 없는 폭력적이고 불합리한 세계이다. 모든
사람들이 자유와 정의를 누리고 배고픔을 달랠 수 있기 전에는 지상
에 진정한 평화와 자유는 존재하지 않을 것이다. 서로에 대해 책임
을 다하지 않는 한 인간의 미래는 없을 것이다.

희망은 어디에 있는가? 정의에 대한 인간의 불굴의 의지 속에 존재
한다. 파블로 네루다는 그것을 이렇게 표현하였다. "그들은 모든 꽃
들을 꺾어버릴 수는 있지만, 결코 봄을 지배할 수는 없을 것이다."

어느 통계에 의하면, 2005년 기준으로 10세 미만의 지구촌 어린이가 5초에 1명씩 굶어 죽고, 세계 65억 인구 중 무려 8억 5,000만 명이 하루 세끼를 제대로 못 먹고 산다고 합니다. 전 세계인을 먹여 살리는 데 드는 양의 2배나 되는 식량을 비축하고 있는 이 풍요가 넘쳐나는 땅에서 이렇게 많은 사람들이 기아로 신음하고 있다는 현실이 쉽게 믿기지 않지요.

지상 최악의 기아 현장은 바로 북한입니다. 아예 곡물 수확량 자체가 인구의 최저생계선에 훨씬 못 미치는 수준으로서, 주민 대다수가 만성적인 영양부족에 시달리고 있다고 하지요. 춘궁기 다섯 달 동안엔 심지어 쥐를 잡아먹거나 풀을 뜯어먹으며 연명한다는 충격적인 보고도 있습니다. 이처럼 참담한 북한을 지척에 두고 남한에서는 남아도는 쌀을 처치하느라 곤란을 겪고 있다지요.

마침 통일세가 거론되고 대북 쌀 지원 논의가 한창입니다. 왜 우리에게 엄청난 희생을 감수해야 하는 통일이 필요하고, 왜 우리도 살기 어려운 판국에 굳이 나서서 북한을 도와야 할까, 곰곰 생각해봅니다. 그런데 남과 고통을 나누는 것은 결국 내 스스로를 돕는 게 아닐까요? 굶주리는 이웃을 곁에 두고는 누구도 결코 삶의 행복을 떳떳이 누리지 못하겠지요. 인간은 다른 사람의 아픔을 내 아픔으로 느낄 줄 아는 유일한 생명체니까요.

기아에 관한 국제전문가요 구호활동가인 저자는, "모든 사람들이 배고픔을 달랠 수 있기 전에는 이 땅에 진정한 평화와 자유가 없고", 이와 같은 배고픔을 없애고자 하는 "정의를 향한 불굴의 인간의지 속에 인류의 희망이 있다."고 말합니다. 민족의 명절 추석을 맞으며, 문득 같은 하늘 아래 북한 동포들이 겪는 배고픔의 고통을 마음 깊이 느껴봅니다.

산행과 인생

명산 아닌

그 산이

두어 점 구름 아래

조용히 누웠는 이름 없는 그 산이

언제나 내 마음속에 있는 건

얼마나 고마운 일인가

(중략)

시여

너의 고뇌와 눈물의 아름다움

그리워하지 않은 때 없으나

이룬 것 없이

죄만 쌓여

언젠가는 돌아가게 될

고향 하늘

아, 철없이 나선

유랑길

몸은 병들어 초라하기 짝이 없으나

받아 주리라 용서해 주리라 너만은

이름 없는 나의 산

-김규동의 詩, 〈산〉 일부

산을 오를 때는 그저 앞만 보고 걸었습니다. 숨이 턱까지 차오르는 고통을 참느라고 힘들었던 기억뿐이지요. 오로지 정상을 향하여 바쁘게 걸음을 재촉하며, 앞서가던 사람을 앞지를 때 느껴지는 쾌감만 즐기고, 뒤처져 주저앉은 사람에게 손길을 뻗어 도우려는 생각은 전혀 안했습니다.

정상에 오르니 확 열린 하늘 아래 그동안 막힌 가슴이 뚫리는 듯하고, 시원한 바람을 맞으며 산 아래 굽어보는 조망은 그야말로 '고생 끝의 낙' 이었습니다. 그러나 산마루 양지쪽에 널브러져 오래도록 느긋한 기분을 탐닉하고자 했는데, 이내 뒤따라온 사람들에게 내 자리를 내주어야 했지요. 그곳이 오래 머물러서 안 되는 줄 예전에 미처 몰랐습니다.

이제 산을 내려올 때입니다. 어찌 서글프고, 아쉽고, 서운함이 없겠습니까만, 하산 길엔 마음 설레는 즐거움이 따로 있지요. '내려올 때 보았네, 올라갈 때 못 본 그 꽃', 이런 촌철의 시구처럼, 아무 미련 없이 욕심 비우고, 새소리에 귀 기울이고, 나무와 꽃들에 눈길 주며 어깨 스치는 사람마다 인사를 나누다 보면, 마음이 절로 따뜻하고 그윽해집니다.

우리의 인생도 그럴 것입니다. 산을 오를 때의 집념과 도전보다도 산을 내려올 때의 체념과 여유가 우리 삶의 모습을 더 빛나게 하지 않을까요? 노 시인이 노래하듯 문득 어릴 적 고향에 두고 온 산, 비록 남루한 내 몸일망정 너그러이 받아주고 용서해줄 산, 내가 곧 그 산의 일부임을 깨닫고, 그 산으로 영원히 돌아갈 것을 믿습니다.

3장 사랑은 사랑을 낳고

나무의 삶

그런데 절말 신기하게도 나무는 어떤 조건에도 굴하지 않고, 한번 뿌리박은 곳에서 자신의 목숨을 부지하기 위해 끊임없이 노력한다. 풍요로우면 풍요로운 대로, 나쁘면 나쁜 대로 자신에게 주어진 운명에 굴하지 않고 삶을 개척해 나가는 나무들. 온통 바위투성이인 황량한 산에 가보면 그런 나무들이 참 많다.

(중략)

나무에게 있어 땅에 묶여 평생을 사는 게 숙명이라면, 뿌리를 내린 뒤 그럼에도 불구하고 살아가는 것이 운명이다. 나무란 놈은 워낙에 그걸 잘 알고 있는지 일단 뿌리를 내리고 나면 주변의 환경에 강하게 맞선다. 움직이지 못하는 건 어쩔 수 없어도, 이 땅 어느 생명보다 잘 살아갈 수 있다는 걸 온몸으로 보여 주는 거다. 그래서 살아 있는 동안 나무는 결코 자기 삶에 느슨한 법이 없다.

—우종영 지음, 《나는 나무처럼 살고 싶다》 중에서

집 울안에 있던 감나무 한 그루, 10년을 같이 살면서 시원한 그늘과 맛있는 단감을 선사해 준 우리 집 재산목록 1호였지요. 너무 크게 웃자란 데다 이제 늙고 병까지 들어, 한동안 고민 끝에 안타깝지만 그만 베어 내기로 아내와 합의하고 지난 주말 비장한 마음으로 거사를 치렀습니다. 베어 내고 휑하게 남은 빈자리를 보자니 내 가슴에도 구멍이 뻥 뚫린 듯했습니다.

그런데 며칠 후에 남도에 사는 친구가 난데없이 은목서 한 그루를 용달차에 싣고 상경하여 손수 감나무 베어낸 자리에 심어 주었습니다. 예전에 우리 집에 금목서가 심겨진 걸 보고 짝을 지어주겠다고 하더니, 그 약속을 잊지 않고 있었던 거지요. 도대체 어떻게 내 서운한 마음을 알았는지, 친구의 깊은 우정은 천리길 밖에서도 독심술讀心術의 효능이 있나 봅니다.

은목서는 앞으로 집 마당 한쪽에 늘 그대로 서 있으면서 우리 가족과 함께할 것입니다. 언제나 한결같은 마음, 변치 않는 모습의 친구처럼, 불볕더위든 엄동설한이든 항시 싱그러운 푸르름과 맑은 향기를 잃지 않고, 눈이 오나 비가 오나 그 자리에 의연한 모습으로 지켜 서서 우리를 행복하게 해 줄 것입니다.

은목서를 바라보며 문득 나무의 삶을 생각해 봅니다. 조그만 어려움에도 어쩔 수 없는 숙명이라며 의지를 꺾고 주저앉는 나약한 사람들, 이리저리 시류를 따라 움직이고 이해를 따져 마음

바꾸는 사람들에 비하면, '나무의사' 우종영 선생이 말하는 것처럼, '아무리 힘이 들어도 해마다 꽃피우고 열매 맺는 그 한결같음에서, 평생 같은 자리에서 살아야 하는 애꿎은 숙명을 받아들이는 그 의연함에서' 나무의 삶은 참으로 숭고하게 빛납니다.

자식 걱정

저의 자식이 이런 사람이 되게 하소서.

약할 때 자기를 잘 분별할 수 있는 힘이 있고,

두려울 때 자신을 잃지 않는 용기를 갖고 있으며,

정직한 패배에 부끄러워하지 않고 당당하며,

승리에 겸손하고 온유할 수 있는 사람이 되게 하소서.

그가 원칙을 지키는 사람이 되게 하시고

자신을 아는 일이 지식의 근본임을 깨닫게 하소서.

그를 요행과 안락의 길로 인도하지 마시고

고난과 고통의 길에서 일어설 줄 알게 하시며,

폭풍우를 견디는 법을 배우게 하시고

패한 자를 불쌍히 여길 줄 알도록 해 주소서.

그가 마음이 깨끗하고 목표를 높이 두며,

남을 다스리기 전에 자신을 다스릴 줄 아는 사람이 되게 하소서.

웃는 법을 배우되 우는 법을 잊지 않게 하시고,

미래를 지향하는 동시에 과거를 잊지 않는 사람이 되게 하소서.

(후략)

-더글러스 맥아더의 글, 〈자식을 위한 기도〉 일부

저는 딸 하나, 아들 하나를 두었습니다. 둘 다 욕심들은 많은데 재주도 신통치 않고 실천력도 모자라서 공부하느라 여간 고생을 하는 게 아니지요. 벌써 모두 과년한데 아직도 홀로서기를 못하고 있으니 걱정이 참 태산입니다.

이리저리 부딪치며 천방지축 나대고, 청춘의 눈부신 날들이 다하도록 온통 경쟁과 도전의 굴레 속에서 헤어나지 못하고 지내는 자식들의 모습이 너무 마음을 무겁고 아득하게 만듭니다. 하지만 애초에 내 의지로 만든 자식이 아니니, 내 의지만으로 키울 수도 없는 노릇이지요. 며칠 전에 본 옛 영화 속에서 주인공 아버지가 "좋은 부모란 한결같고(constancy), 참고 기다리며 (patience), 귀 기울여야 한다(listening)."고 말하던데, 그냥 잠자코 곁에서 응원하고 기도해 줄밖에요.

어느 시인이 '이 세상에 흔들리지 않고 젖지 않고 피는 꽃이 없다'라고 노래했던가요? 그렇지요. 모든 꽃들이 온갖 비바람 속에서 저마다 마침내 아름다운 꽃망울을 터트리듯이, 우리 자식들도 비록 지금은 바람에 흔들리고 비에 젖으며 애간장을 태울지라도, 언젠가 쨍하게 햇볕이 들고 기어이 꽃 피고 열매 맺을 날이 오겠지요.

그 유명한 맥아더 장군의 '자식을 위한 기도', 그 시작이 이렇지요.

"자기를 분별하는 힘과 용기를 가지고, 정직한 패배에 당당하고, 승리에 겸손할 수 있는 사람이 되게 하소서."

그러고 보니 아둔한 이 애비를 닮아 나약하고, 두려움 많고, 실패를 부끄러워하고, 성취에 우쭐대는 제 자식들에게 영락없는 말이네요.

칠레 광부 이야기

비록 우리가 가진 것이 없더라도
바람 한 점 없이
지는 나무 잎새를 바라볼 일이다
또한 바람이 일어나서
흐득흐득 지는 잎새를 바라볼 일이다

(중략)

젊은 아내여
여기서 사는 동안
우리가 무엇을 가지며 무엇을 안다고 하겠는가
다만 잎새가 지고 물이 왔다가 갈 따름이다

-고은의 詩, 〈삶〉 일부

칠레 광부 33인이 지하 700m 갱 속에 매몰되었다가 69일 만에

구조된 이야기가 장안의 화제였습니다. 칠흑 같은 어둠, 물과 식량이 절대 부족한 극한상황, 33도의 무더위와 90% 습도의 찜통환경. 모든 게 단 하루도 견뎌내기 어려운 것이었지만, 진실로 가장 견디기 힘든 것은 언제 죽을지 모른다는 절박감에서 오는 '본능적 공포'였겠지요.

그들이 다시 땅을 밟을 수 있었던 것은 오직 '살 수 있다'는 믿음으로 끝까지 희망의 끈을 놓지 않은 때문일 것입니다. '기적이란 희망의 또 다른 이름'이라고 한 언론의 표현이 너무 그럴듯하지요. 그런데 무엇이 그들로 하여금 그 희망을 갖게 했을까요? 그들 특유의 낙천적 기질도 있겠지만, 33명이 모두 '나'를 버리고 '우리'로 뭉친 동료애, 연대의식, 협동정신과 희생정신, 그런 게 아니었을까요.

그런데 또 특별히 인상적인 뉴스는, 그들이 그 지하 막장 속에서 그들 조국의 민족시인 파블로 네루다의 시를 낭송하며 서로 용기를 북돋았다는 것입니다. 시를 사랑하는 그 나라 대중문화의 수준도 부럽거니와, 막다른 상황에서조차 시를 읽는 그들의 여유와 품격이 참으로 놀랍지요? 우리는 지금 어떤가, 우리는 과연 어떨까를 생각하니 쓴웃음이 절로 납니다.

솔직히 우리는 고은 시인이 매년 노벨문학상 후보로 거론되다 마는 것을 아쉬워할 뿐이지, 정작 그분의 시는 많이 안 읽는

편이지요. 파블로 네루다의 유명한 시구처럼, 문득 '시가 나를 찾아와' 일상에 찌들어 축 늘어지고 나이 들수록 점점 무디어 가는 내 영혼을 번쩍 깨워 주기를 기다리며, 고은 선생이 '삶'을 노래한 한 시대의 절창을 읽어봅니다.

상처와 감동

중산군中山君이라는 사람이 사대부들을 불러 잔치를 벌였다. 이때 사마자기司馬子期라는 사람도 초청을 받았다. 여러 가지 음식이 오간 후에 양고기 국을 먹을 차례가 되었다. 그러나 마침 국물이 부족하여 사마자기에게는 몫이 돌아가지 않았다. 사마자기는 이것을 자신에 대한 모독으로 여겼다. 그는 마침내 중산군을 버리고 이웃 초나라로 갔다. 그 후 그는 초왕으로 하여금 중산군을 공격하게 했다. 중산군은 피신할 수밖에 없었다. 그런데 이전에 한번도 만난 적이 없던 장정 두 사람이 창을 들고 뒤따르며 중산군을 지켜 주었다. 중산군이 이상히 여겨 그들에게 물었다.

"그대들은 왜 나를 보호해 주는가?"

그들은 이렇게 대답했다.

"저희 부친께서 살아있을 때의 일입니다. 어느 날 부친이 배가 고파 쓰러져 있을 때 왕께서 친히 찬밥 한 덩이를 주셨습니다. 저희 부친은 그 찬밥 한 덩이를 드시고 목숨을 건졌습니다. 부친이 돌아가실 때 저희들에게 만약 왕께 무슨 일이 생기면 죽음으로 보답하라고 유언을 했습니다."

중산군은 하늘을 쳐다보며 탄식하였다.

"타인에게 베푼다는 것은 많고 적음이 문제가 아니라 상대방이 어려울 때 돕는 것이 중요하며, 타인에게 원한을 사는 이유는 크고 작은 것이 문제가 아니라 상대방의 마음을 상하게 하는 데에 있구나! 내가 한 그릇의 양고기 국물로 나라를 잃었고 한 덩이의 찬밥으로 목숨을 구했구나!"

―허성도 지음, 《생각》 중에서

세상 사는 일이 참 별게 아니지요? 우리는 모두 행복을 좇으며 살지만, 정작 행복은 그렇게 거창하고 대단한 데 있지 않고 그저 소소한 만족, 하찮은 기쁨들 속에서 무량하게 느껴지지 않나요? 사람의 마음이 정말 묘한 것 같습니다. 마음의 그릇이 아무리 큰 호수와 같다 할지라도 작은 돌제비질 하나로 온통 파문이 일게 되니까요.

우리가 별 의식 없이 내뱉는 거친 말 한 마디, 무심코 보여 주는 가벼운 행동 하나가 때로는 상대방에게 비수처럼 마음의 큰 상처를 주기도 합니다. 본인은 대수롭지 않게 한 말이고, 아무 뜻 없이 취한 행동인데, 상대방은 엄청 서운해하고 아픔을 느끼며 그 상처를 오래도록 마음에 담고 살아가지요.

우리가 언제 어디서인지 모르게 베푼 작은 친절이나 호의, 배려가 뜻밖에도 상대방의 마음을 얻게 되는 것 같습니다. 힘에 지쳐 주저앉고 싶을 때 누군가로부터 받은 위로의 문자 메일 한 줄이나 전화 한 통, 가만히 등 두드리며 건네주는 격려의 말 한 마디, 이런 작은 것들이 이상하리만치 선명하게 마음에 찍힙니다. '각인' 되는 것이지요.

허성도 교수님의 《생각》이라는 책 속에서는 중국의 고전들에 나오는 수많은 일화들이 삶의 지혜를 실감나게 알려줍니다. '전국책戰國策'에 실린, 국물 한 그릇의 인색함으로 나라를 잃고 찬밥 한 덩이의 호의로 목숨을 구하게 된 일화를 읽으며, 새삼 이런 생각을 해봅니다. 마음을 흔드는 상처와 감동이 바로 내 사소한 언행들에서 비롯된다는 것, 말입니다.

진실의 적

(전략)

사랑을 구하려고 두리번거리지 않았지
사랑으로 살다 보니 사랑이 찾아왔지

좋은 시를 쓰려고 고뇌하지 않았지
시대를 고뇌하다 보니 시가 울려왔지

가슴 뛰는 삶을 찾아 헤매지 않았지
가슴 아픈 이들과 함께하니 가슴이 떨려왔지

−박노해의 詩, 〈진실〉 일부

"피고인은 무죄."

법대 위에서는 여러 번 외쳐본 소리지만, 내가 정작 법대 아래에서 들으니 마치 천둥소리처럼 가슴을 쾅쾅 울렸습니다. 며칠 전 그동안 변호를 맡은 어느 피고인이 항소심에서 무죄를 선고받고 구속된 지 10개월 만에 풀려났습니다. 지난여름 교도소 접견실에서 서로 손잡고 울기도 했는데, 이렇게 자유가 소중한 것인 줄 예전엔 미처 몰랐지요.

피고인은 처음 수사기관에서 너무 당황해 어설프게 한 알리바이 진술이 의심을 받으면서 일이 점점 꼬이기 시작했습니다. 의심은 갈수록 증폭되고, 피고인이 아무리 억울함을 호소해도 세상은 도무지 꿈쩍도 안했지요. 무엇이든 애정을 갖고 이해하려들지 않고 의심과 편견의 눈으로 바라보면 진실한 제 모습을 볼 수 없다는 걸 실감할 뿐이었습니다.

그러나 진실을 가로막는 더 큰 원인은, 곧 자기능력만 믿고 수단 방법을 안 가리고 어떻게든 진실을 캐내려고 하는 사람들의 과욕과 만용인 것 같습니다. 진실의 적은 곧 진실을 쫓는 욕망이라고나 할까요? 무리하게 진실을 얻고자 하는 사법권력의 의지 앞에 피고인은 너무나 무력했고, 모든 것을 한꺼번에 잃고 절망해야 했습니다.

'얼굴 없는 시인'으로 유명했던 박노해 시인이 12년 만에 신작 시집을 냈지요. 그 속에 〈진실〉이란 시를 읽으니, 이 세상 진실로 통하는 문은 결국 내 진실한 마음속에 있다는 걸 깨닫게 합니다. 거기 이렇게 사족을 달아봅니다. '진실이 무엇인지 눈에 불 켜고 찾지 않았지. 정성을 쏟고 기도하다 보니 진실의 불빛이 내게로 왔지.'

용서하는 마음

용서의 마음을 가지고 있으면 다른 사람이 어떤 모습을 하고, 우리에게 어떤 행동을 하든 아무 상관이 없다. 진정한 자비심은 다른 사람의 고통을 볼 줄 아는 마음이다. 그의 고통에 책임을 느끼고, 그를 위해 뭔가를 해주고 싶은 마음이다. 다른 사람의 행복에 마음을 기울일수록 우리 자신의 삶은 더욱 환해진다. 타인을 향해 따뜻하고 친밀한 감정을 키우면 자연히 자신의 마음도 편안해진다. 그것은 행복한 삶을 결정짓는 근본적인 이유가 된다.

−달라이 라마 · 빅터 챈 지음, 류시화 옮김, 《용서》 중에서

서로 서운한 감정을 품고 있는 친구 두 사람이 있습니다. 원래 함께 잘 지내며 각별히 가까운 사이였는데, 그러그러한 일로 다투고 나서 각기 마음의 상처를 입고 급기야 등을 돌리고 있지요. 둘 다 제게 너무 소중한 친구이고, 누구보다 착하고 순수한 사람들인데, 참 안타깝습니다.

제가 두 사람을 따로 만나 화해를 몇 번 시도했었지만, 두 사람은 한결같이 막무가내입니다. 서로들 꽉 닫아둔 마음의 문을 좀처럼 열지 않았지요. 그래도 두 사람이 서로 믿음을 준 사이가 아니었다면 애당초 상처 받지도 않았을 것인즉, 언젠가 서로 그런 믿음으로 상대방을 용서하고 그 상처로 인한 고통에서 벗어날 것이라고 믿습니다. 두 사람이 무거운 마음을 떨치고 함께 웃는 얼굴로 악수하면서, 정답던 옛 시절로 다시 돌아가는 모습을 꼭 보고 싶습니다.

누군가를 미워하고 분노하는 마음을 스스로 털어내지 않고서는 절대로 제 마음의 상처와 고통을 이겨낼 수 없겠지요. 용서해야 비로소 자유로워지고 마음의 평화를 얻게 될 것입니다. 그러니까 용서는 결코 남을 위한 것이 아니라지요. 용서는 내가 나를 위해 내게 주는 최고의 선물이라고 합니다.

티베트의 지도자 달라이 라마의 "용서하라, 그래야만 진정으로 행복해진다."는 설법을 마음에 담으며, 혹여 누군가에게 상처받았다면 이제 너그러이 용서하기로 해요. 설사 그 누군가가 바로 허점뿐이고 불만투성이인 자신일지라도.

위대한 만남

전원으로 돌아가는 길 삼천리(田園歸路三千里)

벼슬살이 나라 깊은 은혜 사십년(懽深恩四十年)

도미천에 발 멈추고 바라보니(立馬渡迷回首望)

그 남산빛 옛모습 그대로이네(終南山色故依然)

고향으로 돌아가는 길은 길어도 천리다. 그러나 삼천리나 되었다. 그렇게 돌아가기가 어려웠다. 아무나 읊을 수 있는 귀거래사歸去來辭가 아니었다. 얼마나 돌아가기 힘들었으면 천리가 세 배나 더 먼 삼천리가 되었을까.

벼슬살이 한 햇수는 30년을 조금 넘기지만 나라가 나에게 준 큰 은혜는 40년만큼이나 많았다. 내가 나라 위해 한 일은 티끌에 불과한데 나라는 나에게 태산 같은 은혜를 베풀었다.

이제 모든 것 떨치고 전원으로 돌아간다. 양평楊平의 용진龍津을 건너 도미천渡迷遷에 이르면 서울의 남산을 보는 것도 마지막이다. 문득 남산을 본다. 그러나 남산은 옛 모습 그대로 변함이 없다. 그 남산을 보고 뭔가 말을 남기고 떠나고 싶다. 그러나 할 말이 없다. 오직 산색山色만 옛모습 그대로 청청할 뿐이다. 풍상을 겪어도 겪어도 여전히 청청한 그 모습 그대로, 그 감회만 오직 가슴을 적실 뿐이다.

'옛 모습 그대로'의 그 남산의 '변함없는 모습', 그것은 바른 눈(正眼)이고 바른 잣대(正尺)다. 그 바른 눈 바른 잣대로 인간을 보고 인간이 만들어가는 역사를 본다. 인간의 마음은 아침저녁으로 변한다. 그 인간이 펼치는 역사는 끝없이 부침한다. 흥망성쇠가 서로 이어간다. 그것을 남산 위의 저 소나무, '옛 모습 그대로'의 그 변함없는 모습이 응시한다.

—송복 지음, 《서애 류성룡 위대한 만남》 중에서

조선왕조 500년 동안에 일어난 최대의 역사적 사건은, 글쎄 임진왜란이 아닐까요? 왜倭와 명明의 외세 다툼 속에 조선은 다행히 살아남지만 끝내 자강의 힘을 얻지 못하고, 그때부터 서서히 기울기 시작하여 300년 후 바로 그 왜에 합병되고 말지요. 그리고 그로부터 꼭 100년이 지난 2010년, 우리나라가 G20 정상회의를 주도하며 세계 선진국 대열에 서게 되었습니다.

임진왜란 당시 풍전등화의 벼랑 끝에 몰린 나라를 구한 역사적 인물이 류성룡과 이순신입니다. 류성룡은 한사코 명에만 의 존하고 굴종하려 드는 군주와 조정을 지혜롭게 이끌고, 이순신은 왜에 맞서 바다를 지켜 국토의 핵인 호남을 보전하지요. 문무를 대표한 두 충신이 없었다면 아마 조선도 없고, 지금 정체성을 가진 우리의 존재도 없지 않았을까요?

송복 교수는 두 사람의 만남을 이 나라 '역사상 가장 위대한 만남'이라고 평합니다. 류성룡이 이순신의 사람됨을 처음 알아보고 말단 지방현감을 일약 수군절도사로 천거하였고, 이순신은 이를 오직 충과 의로써 구국하여 보답했지요. 그리고 1598년 오늘(음력 11월 19일), 같은 날에 류성룡은 파직되고 이순신은 전장에서 죽음을 맞게 됩니다. 만남도, 헤어짐도, 참으로 드라마틱하지요.

교수님의 《위대한 만남》을 읽으며, 한 나라의 흥망성쇠를 생각해 봅니다. 책의 마지막에 류성룡이 파직당해 낙향하면서 쓴 시가 실려 있습니다. 그가 바라보던 남산은 지금도 변함이 없으니, 비록 초야의 무지렁인들 민족의 청청한 기상을 모르겠습니까? 모처럼 애국가 한번 부를까요? "남산 위에 저 소나무 철갑을 두른 듯, 바람서리 불변함은 우리 기상일세."

이청득심以聽得心

불행의 대부분은

경청할 줄 몰라서 그렇게 되는 듯.

비극의 대부분은

경청하지 않아서 그렇게 되는 듯.

아, 오늘날처럼

경청이 필요한 때는 없는 듯.

(중략)

그게 무슨 소리이든지 간에,

제 이를 닦는 소리라고 하더라도,

그걸 경청할 때

지평선과 우주를 관통하는

한 고요 속에

세계는 행여나

한 송이 꽃필 듯.

삼성의 창업주인 고 이병철 씨가 가훈으로 삼은 말이 경청이라고 하지요. 부부간이고, 친구사이고, 조직의 위아래고, 모든 인간관계를 원만히 가꾸려면 무엇보다 소통이 필요하고 소통을 위해선 사람의 마음을 얻어야 할 것인데, 어디 그게 쉽나요? 그 해답이 곧 '이청득심以聽得心', 스스로 말을 잘하기보다 남의 말을 경청하는 데 있다고 합니다.

그런데 경청의 참된 위력은 상대방이 소리 내어 하는 말을 듣는 것이 아니라, 소리 없는 저 마음의 소리를 듣는 게 아닐까요? 어떻게 듣냐고요? 사람에게는 신체의 두 귀 외에도 또 다른 귀, 바로 영혼의 귀가 있다고 합니다. 그 영혼의 귀를 기울여 마음에서 울리는 소리를 들을 줄 알아야 비로소 진정한 마음을 얻을 수 있지 않을까요?

어언 이순耳順의 나이가 코앞인 탓인지 귀가 좀 어두워지는 것 같습니다. 이순은 말 그대로 귀가 순해진다는 뜻이니, 듣는 게 순하고 유연해진다는 말이겠지요. 자신의 편견과 고집을 버리고, 상대방의 말을 가급적 선의로 너그럽게 받아들여야만 기울어가는 나이가 그래도 누추하지 않고 나름 근사하고 그런대로 어울려 보이지 않을까, 싶습니다.

바로 경청을 노래한 시인도, 자기 말만 앞세우지 말고 상대방의 말을 귀담아 듣고, 아니 그런 말소리뿐만 아니라 자연의 소리, 이웃들의 삶의 소리, 자신의 내면의 소리까지, 무슨 소리이든지 조용히 귀 기울이라고 하지요. 그래야 '한 송이 꽃이 피듯' 아름다운 세계가 우리 눈앞에 펼쳐질 것이라 하지요.

세종의 위대함

세종은 '임금의 직책은 하늘을 대신하여 만물을 다스리는 것'이라고 보고, 노비나 감옥의 죄수, 버려진 아이와 같이 사회에서 가장 열약한 처지에 놓인 자를 우선적으로 돌아보았습니다. 하늘이 만물에게 차별 없이 혜택을 베풀듯, 국왕도 모든 신민들에게 고루 은택을 주어야 한다고 본 것입니다. 그렇지 않을 때, 즉 하늘의 원리에 순응하지 않을 때 '천재가 서로 잇닿고, 가환이 또한 계속된다'고 생각했습니다.

억울함을 호소할 데가 없는 것이 백성들의 가장 열약한 상황입니다. 원한怨恨이라는 말이 있는데, 원怨과 한恨은 근본적으로 성질이 다른 개념입니다. 한은 숙명적으로 주어진 것입니다. 갑작스럽게 교통사고가 나고 땅이 무너져 부모자식이 죽는 것은 어쩔 수 없는 것입니다. 그건 한입니다. 그러나 수령이 판결을 잘못하거나 정치가들이 잘못해서, 피할 수 있었는데 피하지 못해서 당하게 되는 고통, 이런 것은 원입니다. 원통할 원자를 쓰는 것이지요. 그래서 정치는 한까지는 손대지 못하지만 원을 없게 하는 것인데, 원의 대표적인 소통은 백성이 원통함이 생겼을 때 그것을 호소해야 한다는 것입니다. 인간돼지 사건, 권채 사건에서도 보다시피, 인간 이하의 취급을 받는 사회적 약자의 고통을 어떻게든 바꿔봐야겠다는 것이 바로 세종의 진단이었습니다.

그들, 그러니까 사회 구성의 대다수이면서도 사회적 약자인 백성들의 마음을 끌어들이는 것이 수성기 조선왕조가 민심을 얻고 공고화되는 가장 강력한 요인이라고도 보았던 것입니다. 때문에 중요한 정책을 결정할 때 많은 사회적 약자들을 우선적으로 고려하는 것은 당연하고도 필요한 과정이었습니다.

-박현모 지음, 《세종처럼》 중에서

"매년 4월부터 8월까지는 깨끗한 냉수를 옥 가운데 자주 바꾸어 놓을 것. 5월부터 7월까지는 자원에 따라 몸을 씻게 할 것. 10월부터 정월까지는 옥 안에 짚을 두텁게 깔 것."

《세종실록》에 나오는 세종대왕의 감옥 관리지침입니다. 인권도, 복지도 전혀 개념조차 없고 가혹한 형벌 만능인 세상에서 감옥의 죄수들을 배려하는 임금의 마음씀씀이 뜨겁게 전해집니다.

세종 정치의 위대함은 이렇게 사회의 그늘진 곳에 소외된 사람들에 대한 보살핌에서 빛이 납니다. 그는, 사람 취급도 못 받는 노비들에게 출산휴가를 주고, 외롭게 사는 홀아비와 과부, 또 가난해서 혼기를 놓친 남녀들을 찾아 짝지어 주고, 늙은이를 특별히 대접하고 버려진 아이를 돌보게 하며, 흉년에는 굶주린 모든 사람들에게 곡식을 나누어 주었습니다.

요즘 정치권에 서민을 위한 목소리가 경쟁적으로 높아가지요. 제발 표심만 의식하고 선심성 구호에 그치지 말기를 바랄 뿐입니다. 부디 힘 있고 넉넉한 사람들로 하여금 기꺼이 양보하게 하면서 서민들의 고단하고 팍팍한 살림을 보살피는 '나눔과 배려의 정치'가 펼쳐져, 모두가 서로 소통하고 함께 더불어 사는 세상을 가꿀 수 있었으면 참 좋겠습니다.

세종 연구의 권위자인 박현모 교수는 세종임금의 이런 사회적 약자들에 대한 우선적인 배려가 '백성이 나라의 근본이니, 근본이 튼튼해야만 나라가 평안하게 된다(民惟邦本 本固邦寧)'고 본 애민적 정치사상에서 비롯되었다고 강조합니다. 세종의 애민정치의 정신, 오늘 이 땅에 어떻게 다시 되살려 볼 수는 없을까요?

용기 있는 삶

나는 마르크스처럼 종교가 계급적 지배이념으로서의 아편이라고 단정하지는 않는다. 분명히 그런 역할을 다분히 해온 역사적 사실을 부인할 수 없지만, 나는 아편이라고까지 단정하고 싶지 않다. 또 프로이트처럼 종교는 심기가 허약한 사람들의 환상 또는 환각적 믿음이라고 멸시하지도 않는다. 역사상에는 훌륭한 정신과 영의 소유자들의 감동적인 종교적 삶을 입증해주는 수없이 많은 실증이 있기 때문이다.

나는 현세 이외의 어떤 내세를 전제로 하거나 그것을 기대해서 예수교나 불교를 믿는 식의 종교생활을 받아들이지 않는다. 현세, 즉 이 속세를 살면서, 그 속세를 예수교나 불교의 이상인 천당 혹은 극락, 그런 세상으로 만들기 위해서 사람들이 어떻게 살아야 하는가를 생각할 뿐이다. 그런 믿음의 삶을 인도해주는 가르침의 원천을 예수님과 부처님에게서 찾는 것이다. 천당이나 극락이 있건 없건, 그것과는 전혀 관계없이, 인간이 태어난 생명을 누리며 살지 않을 수 없는 – 살 수밖에 없는 – 삶의 현실을 가장 슬기롭게 지나갈 수 있도록 해

주는 길잡이가 예수의 가르침이고 부처의 가르침이라고 생각하는 한도 내에서, 나는 예수의 신자이고 부처의 신도인 것이다. 예수교를 믿어야 천당 간다거나 부처를 안 믿으면 지옥 간다는 식의 예수교 신자도 아니고 불교 신도도 아닌 대신, 위대한 두 분을 동시에 한꺼번에 마음속에 귀히 모시려는 것이다.

—리영희·임헌영 지음, 《대화》 중에서

리영희 선생이 타계하셨습니다. 암울했던 권위주의 시대의 군부권력에 대항하여 학문과 언론의 자유를 외치고, 냉전 이데올로기의 우상을 깨고 숨겨진 역사의 진실을 세상에 알리며, 평생을 민주화와 통일운동에 헌신하셨던 그분이야말로 양심적 지식인의 표상이었지요. 그분의 책을 밤새워 읽고 친구들과 술 마시며 토론을 벌였던 대학시절이 문득 추억됩니다.

기자와 교수생활을 하며 네 번의 강제해직, 아홉 번의 연행, 세 번의 투옥을 당하면서도 선생님의 펜 끝은 추호도 흔들림이 없었지요. 그분에 대해 '의식화의 원흉'이라거나 '사상의 은사'라거나 사뭇 평가가 다르지만, 암튼 서슬 퍼런 권력의 압제 속에서도 양심에 따라 행동하고 실천하는 용기를 보여준 그의 행적만큼은 모든 이의 귀감이 될 만합니다.

일찌기 다산 선생님은 지智·인仁·용勇의 삼덕三德 중에서 무언가 뜻을 이루고자 하는 사람에게 가장 긴요한 것이 용이라고 말씀하셨지요. 그렇지요. 우리가 평생을 배워도 어느 한 가지 제대로 알기가 어렵지만, 그나마 알고 있는 걸 그대로 실천할 수 있는 용기란 얼마나 소중한 덕목일지요. 하물며 온갖 달콤한 유혹과 폭력의 억압을 견디고 소신껏 행동하는 일임에랴.

선생을 추모하면서, 그분이 병상에서 구술로 펴내신 《대화》라는 책을 다시 펴봅니다. 그분이 신과 종교를 말씀하시는 대목을 읽으니, 요즘 나이 탓인지, 종교가 무엇이냐는 주변의 질문에 선뜻 없다고 대답하지 못하는 내 자신에게 약간 위안이 되는 것 같네요. 그저 십자가 앞에선 무릎 꿇고 부처님에겐 엎드리며, 오락가락하는 나 같은 사람도 전혀 희망이 없는 건 아니겠지요?

아버지 생각

그의 상가엘 다녀왔습니다.

환갑을 지난 그가 아흔이 넘은 그의 아버지를 안고 오줌을 뉜 이야기를 들었습니다. 생의 여러 요긴한 동작들이 노구를 떠났으므로, 하지만 정신은 아직 초롱 같았으므로 노인께서 참 난감해하실까봐 "아버지, 쉬, 쉬이, 어이쿠, 어이쿠, 시원허시것다아" 농하듯 어리광부리듯 그렇게 오줌을 뉘였다고 합니다.

온몸, 온몸으로 사무쳐 들어가듯 아, 몸 갚아드리듯 그렇게 그가 아버지를 안고 있을 때 노인은 또 얼마나 더 작게, 더 가볍게 몸 움츠리려 애썼을까요. 툭, 툭, 끊기는 오줌발, 그러나 그 길고 긴 뜨신 끈, 아들은 자꾸 안타까이 땅에 붙들어 매려 했을 것이고 아버지는 이제 힘겹게 마저 풀고 있었겠지요. 쉬,

쉬! 우주가 참 조용하였겠습니다.

-문인수의 詩, 〈쉬〉 전문

오랜만에 아버지의 산소엘 다녀왔습니다. 지난여름과 가을 내

내 그 지독했던 폭염, 모진 비바람과 된서리를 견디며, 아버지의 넋인 양 흐드러지게 붉은 꽃을 피웠던 무덤 앞의 배롱나무들도 이제 빈 가지만 남은 채로 찬바람에 흔들리고 있었습니다.

아버지가 그립습니다. 당신은 생전에 시골에서 농사를 지으며 서울로 올려보낸 아들에게 온갖 정성을 쏟고 참으로 진한 부정을 베푸셨지요. 향토장학금을 송금하면서 혹여 부정 탈세라 꼭 은행에서 깨끗한 새돈으로 바꾸어 입금하시고, 계절이 바뀔 때마다 보약을 달여 상경하실 땐 고속버스 옆 좌석을 일부러 구해 그 약 보퉁이를 애지중지 끼고 오셨었지요.

이제 이 세상에 당신의 모습은 안 계시고, 당신이 주신 그 사랑만이 산만큼 제 가슴에 남아 있습니다. 당신처럼 제가 자식을 낳아 키우고, 또 제가 철들 무렵의 당신만큼 저 역시 늙어지고 보니, 비로소 자식을 사랑하는 일이 얼마나 애타고 마음 졸여야 하는 건지를 어렴풋이 알 것 같습니다.

시인은, 조용히 하라고 손가락을 입에 대며 내기도 하고, 또 아이의 고추를 잡아주며 오줌을 뉠 때 내기도 하는 소리인 '쉬'의 멋진 중의적 표현으로, 부자간의 숭고한 사랑을 참으로 무겁게 노래합니다. 새의 깃털처럼 가벼운 몸일망정 아버지를 꼬옥 껴안고 부추겨서, 온 세상이 침묵하고 사위가 고요한 때를 틈타 시원하게 '쉬' 한번 시켜드리고 싶습니다.

특별한 성탄절

눈보라 속 혹한에 떠는 반달이가 안쓰러워

스님 목도리 목에 둘러주고 방에 들어와도

문풍지 웅웅 떠는 바람소리에 또 가슴이 아파

거적때기 씌운 작은 집 살며시 들쳐보니

제가 기른 고양이 네 마리 다 들여놓고

저는 겨우 머리만 처박고 떨며 잔다

이 세상 외로운 목숨들은 넝마의 집마저 나누어 잠드는구나

오체투지 한껏 웅크린 꼬리 위로 하얀 눈이 이불처럼 소복하다

* 반달이 : 절에서 키우는 잡종개의 이름.

−박규리의 詩, 〈성자의 집〉 전문

오늘은 아주 특별한 성탄절을 보냈습니다. 중계동 달동네를 찾아 참으로 고단하게 사시는 그곳 주민들에게 연탄을 배달하는 자원봉사활동을 하고 돌아왔지요. 영하 20도의 혹독한 추위였지만 오랜만에 나눔을 직접 체험하고 그 소중한 의미를 생각해

보는 좋은 시간이었습니다.

나눔의 모습은 다양합니다. 세계의 억만장자들을 대상으로 개인 재산의 절반을 기부하는 운동을 벌이고 있는 미국의 빌 게이츠와 워렌 버핏으로부터, 평생 길바닥에서 야채를 팔아 모은 눈물 젖은 돈을 몽땅 기부하는 우리나라 시장 할머니에 이르기까지 크고 작은 부의 나눔, 저마다 지니고 있는 재능과 지식의 나눔, 맨몸으로 땀 흘려 일하는 힘의 나눔, 그리고 그저 함께 울고, 기뻐하고, 등 두드리며 위로하는 마음의 나눔도 있지요.

그러나 어떤 나눔도 결코 쉽지 않습니다. 일단 내 소유를 포기하고 내 몸을 희생하는 것이니까요. 그런데 어느 명상 지도자는 "나눔은 희생이 아니다."라고 말합니다. 나눔은 '좋은 일' 하려고 자신을 희생하는 게 아니라, 내가 행복하고 풍요롭고 감사해서 가진 것을 나누어 주는 것이라고 하지요. 그래서 스스로 더 행복해지고 더 풍요로움을 누리기 위한 것이라지요.

박규리 시인은 제가 법원에서 일할 때 개명을 허가해 준 인연이 있습니다. 시인이 노래하듯, 스님이 '반달이' 개에게, 또 그 개가 새끼 고양이들에게 따뜻한 연민의 마음을 나누는 것처럼, 그런 나눔이 곧 이 세상을 훈훈하고 아름답게 가꾸는 게 아닐까요? 우리를 정말 살 맛 나게 하는 '나눔', 지금 바로 당신에게서 시작합니다.

다 지나가리라

봄이 가면 여름이 오고, 그 여름이 가면 가을이 오는 것처럼 세상의 모든 일들은 다 지나가기 마련이다. 고통과 고난의 시기도 마찬가지다. 여러분이 설령 지금 역경과 맞서 있다 해도 그것은 자신이 어떤 자세를 취하는지, 또 얼마나 고통스러워하는지와 상관없이 흘러가버릴 것이다. 만일 사랑하던 사람을 어떤 이유로 잃었다면 한동안은 분명 상실감 때문에 무척 괴로울 것이다. 하지만 지나가는 시간은 그런 고통도 조금씩 함께 데리고 가기 마련이고 어느 시점이 되면 그 고통은 기억속에서 희미해질 것이다. 남은 인생에서 전혀 생각조차 나지 않을 정도로 완전히 잊어버릴 수는 없겠지만, 세월은 그런 기억을 까마득한 옛일로 만들어버린다.

삶에서 만날 수 있는 다양한 불행한 사건들에 대해서는 더 멀리 길게 바라보도록 노력해야 한다. 눈앞에 당면하고 있는 사건들에 지나치게 깊이 매이다 보면 마치 컴컴한 동굴 속에 갇혀 있는 것 같다는 느낌 때문에 해결책을 찾기 힘들 뿐 아니라, 자신만이 힘겨운 시기를 겪고 있다는 생각에 필요 이상으로 괴로워진다. 그러나 그 동굴로부터 몇 걸음만 바깥으로 내딛어 밝은 햇살 아래로 나아가보면, 동굴과는 전혀 다른 모습의 세상이 여러분을 기다리고 있음을 깨닫게 될 것이다.

－공병호 지음, 《인생강독》 중에서

한 해가 저물고 있습니다. 올해도 너나 할 것 없이 모두 힘겹고 고단한 날들의 연속이었고, 또 좋은 사람들과 이별하여 가슴 아프기도 했으며, 그리고 스스로 이루고자 한 뜻도 수없이 좌절되었지요. 누가 이 지구를 '좌절의 별'이라고 말했던가요? 한 해를 보내는 마음은 늘 허전하고 아쉽기만 합니다.

그렇지만 고난과 역경 속에서도 애써 새로운 희망을 찾고, 이별이 또 다른 만남의 시작이라고 위로하며, 좌절의 눈물을 씻고 다시 몸을 일으켜 세울 수 있기에 우리의 삶은 그만큼 고귀하고 이 세상이 더욱 아름답게 빛나는 게 아닐까요? 지금 한겨울 찬바람이 이 땅을 거세게 흔들지라도, 당신의 몸 안엔 벌써 새 봄의 서기가 감돌고 있을 것입니다.

제가 좋아하는 고사가 있습니다. 옛날 이스라엘 다윗 왕이 한 세공장이에게 "내가 큰 승리를 거두어 기쁨에 젖어 있을 때 자제할 수 있고, 반대로 깊은 절망에 빠졌을 때 좌절하지 않고 용

기를 얻을 수 있는 글귀 하나를 반지에 새겨 달라."고 했답니
다. 그러자 명을 받은 그 세공장은 고심 끝에 현자의 가르침을
얻어 이렇게 새겼다고 하지요. '이것 또한 곧 지나가리라'.

한 해 동안 내 지나온 날들을 돌아보니 기쁘고, 슬프고, 괴로
웠던 순간들이 나도 모르게 바람처럼 다 지나갔습니다. 그런데
그땐 왜 그렇게 혼자 들뜨고, 또 참기 힘들어했나 싶습니다. 공
병호의 《인생강독》에서처럼, 우리가 일상에서 마주치는 고통과
불행이 차마 견디기 어렵더라도, 모든 것들은 다 흘러 지나가고
만다는 평범한 삶의 진실을 떠올려 봅니다.

관용하는 사회

칭기즈 칸은 법치를 중시했다. 그는 군대도 엄격한 기율과 군령을 통해 통솔했다. 칭기즈 칸은 법을 위반하는 자는 엄하게 처벌해 지휘관과 병사들의 본보기로 삼았다.

기업은 기업문화를 구축하는 과정에서 인간 중심의 사상을 실천해야 한다. 그러기 위해서는 일단 마음의 위대한 힘을 충분히 인식해야 한다. '합심하면 태산도 옮길 수 있다'라는 것은 빈말이 아니다. 칭기즈 칸도 처음에는 폭력으로 폭력을 제압했으며 복수와 살육을 통해 쾌락을 느꼈을 것이다. 그러나 훗날 마음의 힘이 칼의 힘보다도 더 위대하다는 사실을 깨달았을 것이다. 칭기즈 칸에게 무력이 없었다면 초원을 통일하지 못했을 것이다. 하지만 그가 생각을 바꾼 후에 취한 관용과 처벌의 양쪽 저울이 없었다면 유라시아 대륙을 휩쓴 위업을 달성하지 못했을 것이다. 그리고 그의 제국이 150년 동안 유지되지 못했을 것이다. 관용과 처벌은 상호 보완적이다.

　

－김종래 지음, 《칭기즈 칸의 리더십 혁명》 중에서

새 밀레니엄을 앞두고 미국 〈워싱턴 포스트〉 지는 지난 1,000년 역사에서 가장 중요했던 인물로 칭기즈 칸을 뽑았습니다. 그동안 잔인포학한 정복자로만 알고 있었는데, 매우 뜻밖이었지요. 그가 몽골고원에서 뜻을 세워, 유목민(Nomad) 특유의 기동성으로 해가 지지 않는 광대한 제국을 건설하고 이를 150년간이나 이끌었던 원동력은 과연 무엇이었을까요?

칭기즈 칸의 뛰어난 리더십 중 하나는 관용이라고 생각합니다. 적과 우리 편으로 나누지 않고 적의 포로를 관용하고 적의 종교, 문화를 그대로 포용하는 통합의 리더십이지요. 그는 자기를 죽이려 한 적장을 동지로 삼고, 전사한 적장의 딸을 며느리로, 아들을 양자로 맞기도 하고, 심지어 적에게 납치돼 적장의 아들을 임신한 자신의 아내와 그 아들을 거리낌 없이 모두 받아들였다고 하지요.

관용은 실로 위대한 힘을 발합니다. 《로마인 이야기》의 저자 시오노 나나미는 일찍이 로마가 천년의 역사를 찬란하게 꽃피울 수 있었던 것도 '클레멘티아(clementia, 관대함) 정신'이라고 설명합니다. 루비콘 강을 건넌 카이사르가 로마를 평정하고 나서 정적 폼페이우스의 부하 장졸들을 한 사람도 남김없이 관용하지 않았다면, 과연 영웅의 제국이 그리 막강했을까요?

지금 적대와 독선으로 분열하는 우리 사회를 통합하는 데 꼭 필요한 것도 이 관용정신일 것입니다. 민주주의의 원칙을 부정하는 세력이라면 철저하게 응징해야겠지만, 그 기본을 같이하는 사람들끼리 서로 끌어안고 손잡지 못할 이유가 어디 있나요? 또 새해를 맞는 지금, 밖의 적은 제대로 제어 못하면서 내 안의 적들만 키우고 있는 우리들에게, 칭기즈 칸이 보여준 포용과 화합이야말로 우리 자신의 생존과 직결되는 화두가 아닐지요.

결혼반지를 닦으며

(전략)

언제나 첫 마음으로 돌아가자는 것이다
언제나 첫 마음을 잃지 말자는 것이다

사랑에도 외로움이 기다리고 있다는 것이다
결혼에도 외로움이 기다리고 있다는 것이다

꽃이 진다고 울지 말자는 것이다
스스로 꽃이 되자는 것이다

처음과 같이 가난하자는 것이다
처음과 같이 영원하자는 것이다

-정호승의 詩, 〈반지의 의미〉 일부

변호사로 의뢰인과 상담하는 일 중에 가장 힘든 것이 이혼사건 상담인 것 같습니다. 배신의 아픔과 미움의 고통이 이렇게까지 무겁고 깊은 것인 줄 몰랐습니다. 범죄나 재산 문제는 어떻게든 해결의 실마리가 있는데, 이혼 문제는 그리 간단치 않지요. 살아가는 힘의 원천이 되고 행복의 기초를 이루는 가정의 평화, 이혼은 그것을 송두리째 흔들어 버리니까요.

내 의뢰인은 한결같이 상대방의 허물을 늘어놓고 불만을 토로하지만, 법정에 가면 상대방은 또 이쪽에게 마찬가지 이야기를 쏟아 붓습니다. 파탄의 책임이 어느 쪽에 있는지 정말 헷갈리지요. 부부의 불화가 워낙 긴 세월 동안 온갖 사건과 복잡한 감정이 쌓여 생기는 문제인 만큼, 그 시시비비를 가리는 것이 참으로 어려울 수밖에요.

부부사랑의 본질은 한마디로 상대방에게 스스로 책임을 다하는 것이라고 생각합니다. '사랑이 곧 책임'이므로, 그 사랑을 지키지 못한 자신의 책임을 상대방에게 묻는다는 것 자체가 모순일 듯싶습니다. 아무리 삶이 힘들고 어렵더라도, 성경의 가르침처럼 '사랑은 오래 참고, 모든 것을 견뎌내는 일'일진대, 끝까지 스스로 자신의 책임을 다할 때 사랑의 가치는 고귀한 것, 아닐까요?

지난 주말 어느 후배 판사의 결혼식 주례를 보며 신랑신부에게 읽어 주었던 시편을 전해 드립니다. 내 사랑을 끝까지 지키겠다는 책임의 서약, 언제나 처음처럼 사랑하고 첫 마음을 잃지 말자는 다짐의 징표로 주고받는 반지의 의미가 문득 새롭습니다. 그동안 장롱 속에 넣어 두었던 결혼반지를 꺼내 닦으며, 시들어가는(?) 우리 사랑의 약속을 한번 추억해 보는 건 어떨까요.

처칠의 유서

나의 죽음을 너무 슬퍼 마시오. 나는 올바른 일을 했다고 믿소. 죽음
은 하나의 사건에 불과하며 우리의 존재에 일어나는 가장 중요한 일
이 아니오. 전반적으로, 특히 사랑하는 당신을 만난 후 나는 행복했
소. 당신은 내게 여자의 마음이 얼마나 고귀한지 가르쳐 주었소. 만
약 다른 세상이 있다면 거기서도 당신을 찾을 것이오. 앞날을 바라보
며 자유롭게 삶을 즐기고 아이들을 사랑하고 나에 대한 기억을 간직
해 주시오. 신이 당신을 축복하시기를. 안녕

-제프리 베스트 지음, 김태훈 옮김,
《절대 포기하지 않겠다 - 윈스턴 처칠, 그 불굴의 초상》 중에서

세계 제2차대전이 한창인 1940년 초, 프랑스를 점령한 나치 독
일이 영국과의 전쟁을 선포하고 런던을 공습합니다. 나라의 운명
이 풍전등화처럼 위태로운 시기에 공포에 떨고 있는 영국국민들
을 향해 윈스턴 처칠 수상은 "지금이 영국 역사에 있어 최고의 시
간"이라고 한껏 목청을 높입니다. 자신에 찬 그의 말에 힘을 얻어

대영제국의 자존심은 온전히 수난의 전쟁을 견디게 되지요.

처칠 수상은 전후 옥스퍼드 대학의 졸업식에 참석해 내빈 축사를 하게 됩니다. 어떤 말을 할까 잔뜩 기대를 하고 귀를 기울이던 졸업생들을 향해 그는 "절대 포기하지 마라(Never give up).", 또 한참을 기다렸다가 다시 "절대 포기하지 마라.", 그리고 한동안의 침묵 후에 또다시 "절대 포기하지 마라."고 외친 후 청중의 박수갈채 속에 강단을 내려옵니다.

처칠이 지도자로서 위기상황에서 온몸으로 보여준 낙관주의의 리더십, 그리고 세인들에게 평생의 좌우명으로 들려준 불굴의 의지, 이것이 곧 후세의 사가史家들이 처칠을 가장 위대한 정치가 중 한 사람으로 꼽는 이유일 것입니다. 아무리 어려운 상황에서도 긍정적인 생각을 잃지 않고, 어떠한 시련에도 굴하지 않는 도전정신이 있기에 온갖 허물과 어리석음에도 불구하고, 그래도 인간이 만물의 영장인 게 아닐까요?

지난 1월 24일 처칠의 주기를 맞으며 그의 전기를 읽었습니다. 특히 그가 세계 제1차 대전 당시 장관직을 버리고 군에 자원하였을 때 어느 전선에서 아내 앞으로 써놓은 유서를 대하니 절로 고개가 숙여집니다. '죽음은 하나의 사건일 뿐' 내 남은 인생의 작은 꿈과 빛바랜 사랑이 남루하지 않도록, 내 삶의 가치를 절대 포기하지 않고 내 길을 유유히 걸어가야겠지요.

가난한 겨울노래

(전략)

내 가슴이 꽉 메어 올 적이며,

내 눈에 뜨거운 것이 핑 괴일 적이며,

또 내 스스로 화끈 낯이 붉도록 부끄러울 적이며,

나는 내 슬픔과 어리석음에 눌리어 죽을 수밖에 없는 것을

느끼는 것이었다.

그러나 잠시 뒤에 나는 고개를 들어,

허연 문창을 바라보든가 또 눈을 떠서 높은 턴정을 쳐다보는 것인데,

이때 나는 내 뜻이며 힘으로, 나를 이끌어 가는 것이 힘든 일인 것을

생각하고,

이것들보다 더 크고, 높은 것이 있어서, 나를 마음대로 굴려 가는 것을

생각하는 것인데,

이렇게 하여 여러 날이 지나는 동안에,

내 어지러운 마음에는 슬픔이며, 한탄이며, 가라앉을 것은 차츰 앙금이

되어 가라앉고,

외로운 생각만이 드는 때쯤 해서는,

더러 나줏손에 쌀랑쌀랑 싸락눈이 와서 문창을 치기도 하는 때도

있는데,

나는 이런 저녁에는 화로를 더욱 다가 끼며, 무릎을 꿇어 보며,

어느 먼 산 뒷옆에 바우섶에 따로 외로이 서서,

어두어 오는데 하이야니 눈을 맞을, 그 마른 잎새에는,

쌀랑쌀랑 소리도 나며 눈을 맞을,

그 드물다는 굳고 정한 갈매나무라는 나무를 생각하는 것이었다.

-백석의 詩, 〈남신의주 유동 박시봉방南新義州 柳洞 朴時逢方〉 일부

50년래의 추운 겨울이 끝도 없는 듯합니다. 이번 한파는 몹쓸 역병까지 몰고 와 가뜩 피폐해진 우리 농촌을 더욱 동토의 땅으로 만들었지요. 무려 300만 마리나 되는 가축의 생명들이 매몰 당하는 참담한 현실 앞에 가슴이 꽉 메어옵니다. 아무 죄 없이 죽어가는 가축들의 원통함과 제살붙이처럼 이들을 키워온 농민들의 통절함이 '워낭소리' 처럼 메아리칩니다.

도시의 겨울도 혹독하긴 마찬가지입니다. 취업난, 아니 취업 전쟁 속에 백만 명의 청년실업자들이 거리를 방황하고 있다 하

지요. 우리가 자랑해 마지않는 OECD 30개국 중 가장 많은 시간을 일하면서도, OECD 평균 60% 수준의 턱없이 낮은 임금으로 치솟는 전셋값과 물가를 감당하며 생계를 꾸려가야 하는 근로자들에게 올 겨울은 너무 견디기 힘든 시련일 것입니다.

풍요속의 빈곤, 세상은 흥청거리는데 가난에 찌든 이웃들이 정말 많습니다. 그들이 힘든 것은 춥고 배고픈 고통의 감정보다 점점 사회로부터 소외되고 있는 불통의 현상 때문일 것입니다. 빈곤에 대한 무관심은 함께 사는 사람의 도리가 아니지 싶습니다. 그들을 단지 수혜의 대상으로만 바라보지 말고 진정성을 갖고 그들의 복지문제를 고민해야 할 때가 아닐지요?

지금보다 더 춥고, 지독히도 없던 시대의 시인 백석. 그는 가난한 삶을 참으로 '외롭고 높고 쓸쓸히' 살았던 것 같습니다. 그가 가난 속에서도 슬픔과 한탄을 가라앉히고 추운 겨울을 견딜 수 있었던 그 높은 뜻과 굳센 힘은 도대체 어디서 온 것일까요? '먼 산 뒷옆에 … 외로이 서서 … 하이야니 눈을 맞을 … 굳고 정한 갈매나무' 의 정체는 과연 무엇일까요.

겨울밤의 자화상

산모퉁이를 돌아 논가 외딴 우물을 홀로 찾아가선
가만히 들여다봅니다.

우물 속에는 달이 밝고 구름이 흐르고 하늘이 펼치고
파아란 바람이 불고 가을이 있습니다.

그리고 한 사나이가 있습니다.
어쩐지 그 사나이가 미워져 돌아갑니다.

돌아가다 생각하니 그 사나이가 가엾어집니다.
도로 가 들여다 보니 사나이는 그대로 있습니다.

다시 그 사나이가 미워져 돌아갑니다.
돌아가다 생각하니 그 사나이가 그리워집니다.

우물 속에는 달이 밝고 구름이 흐르고 하늘이 펼치고

파아란 바람이 불고 가을이 있고 추억처럼 사나이가 있습니다.

-윤동주의 詩, 〈자화상〉 전문

장자莊子에 나오는 일화인데, '기'라는 전설 속의 동물은 발이 하나밖에 없어 100개나 되는 발을 지닌 지네를 부러워하고, 지네는 발 없이도 잘만 가는 뱀을 부러워하고, 뱀은 몸 하나 까딱 않고 멀리 가는 바람을 부러워하며, 또한 바람은 한 순간에 어디든지 갈 수 있는 눈을 부러워하고, 눈은 보지 않고도 무엇이든 상상할 수 있는 마음을 부러워했답니다. 그런데 마음에겐 부러운 존재가 전혀 없었을까요? 마음이 부러워한 것은 바로 이 세상에 가장 아름다운 동물인 '기'였다고 합니다.

세상 사람들도 이렇게 서로가 서로를 부러워하며 삽니다. 정말 둘러보면 온통 부러운 사람뿐이지요. 그리고 그 부러움 때문에 안으로 자신에 대한 불만을 키우고, 밖으로 남들을 시샘하게 되지요. 그러니 사는 게 힘들어질 수밖에요. 그리고 보면 부러움은 곧 삶의 불행을 낳는 마음의 병인 듯합니다.

그런데 남이 가진 것이 아무리 부럽다 한들 내게 무슨 소용 있나요? 비록 부족하고 성에 차지 않더라도, 내가 지금 갖고 있는 것이 그래도 이 세상에 가장 소중하고 아름다운 게 아닌가요? 가만히 들여다보면, 내 자신도 나름 고귀한 존재이고 충분히 아름다운 생명체로 축복받은 사람인데, 이 얼마나 스스로 부러울 만한가요?

　며칠 전에 친구로부터 윤동주의 삶을 이야기 들었지요. 차가운 겨울밤이 깊어가니, 빼앗긴 조국의 봄을 기다리며 일제 감옥에서 처연히 죽어간 시인이 더욱 그리워집니다. 시인의 노래처럼 우리가 진실로 위하고 아끼며 사랑해야 할 상대는 이 세상 그 누구도 아닌, 차마 가엾고 더러 밉기도 할망정, 바로 우리 자신의 얼굴이 아닐지요.

위대한 인간

이곳 주민들은 모든 것들이 원래 그렇게 비싼 것인 줄 알고 아예 포기해 버렸다. 양파나 감자는 부르주아 음식이라 살 생각도 하지 않고 요리법도 모른다. 양념이라는 것도 없고 그것이 무엇인지도 모른다. 유일한 양념은 소금과 식용유이다. 여기서 나는 수수에 소금과 식용유 조금을 부어 만든 음식이 매일의 주식이고, 유목민이라 가끔씩 먹을 수 있는 고기 요리도 채소는 무슨 채소, 소금과 식용유 조금 넣고 푹 끓이는 것이 유일한 요리법이다.

이같은 어처구니없는 일들이 일어나는 것을 보고 있으면 괜히 부화가 난다. 사회적으로 버림받은 것도 모자라 경제적으로도 버림받은 곳이라는 것을 느낄 수 있기 때문이다.

물론 도로사정이 나쁜 것과 기후나 토질이 나빠 농작물의 자급자족이 되지 않는 것이 주원인이라는 것은 모두가 아는 사실이다. 하지만 진짜 주원인은 이 두 가지 원인의 배후에 숨어 있는 사람들의 '무관심'이라는 것이 아닌가 생각된다. 최소의 투자로 최대의 이익을 올리는 것만이 모든 사람들의 목표인 자본주의 사회가 만든 '정당화되어

버린 무관심' 말이다. 어떠한 말이나 인권적인 사건이 일어나도 자국의 이권이 없는 곳엔 등을 돌리고 마는 국제사회의 무관심도 그렇고, '나 하나 또는 내 가족 하나도 돌보기 빠듯한데' 하는 개인적 무관심도 그렇다.

선의의 경쟁을 하나의 덕으로 여기는 경쟁 사회에서 상대에게 해를 끼치지 않는 '무관심'은 하나의 덕으로 여겨질 수 있을지 모르지만 그리스도인의 시각에서 '무관심'은 엄연한 죄악이 아닌가 생각된다. '사랑'의 반대말은 '미움'이 아니라 바로 '무관심'이기 때문이다.

－이태석 지음, 《친구가 되어 주실래요》 중에서

세계의 역사를 바꾼 영웅이나 지도자, 경이로운 업적을 남긴 학자나 예술가들의 이야기에 우리 범인들은 그저 고개 숙이고 감탄할 뿐입니다. 얼마 전엔 산악등반 중에 육중한 바위에 팔이 끼인 채 조난돼 닷새간 홀로 사투를 벌이다 자신의 팔을 등산용 칼로 직접 절단하고 목숨을 건졌다는 어느 초인적 힘을 지닌 사람의 기사를 읽고는 아예 기가 질렸습니다.

그러나 진정으로 위대한 인간은 따로 있지요. 묵묵히 낮은 곳에서 소외된 이웃을 위해 온몸을 던져 사랑을 실천하는 사람들이 우리에게 가슴 벅찬 감동을 주곤 합니다. 고 이태석 신부가 바로 그렇습니다. 그는 의사와 사제의 화려한 길을 마다하고, 이 세상에 가장 위험한 오지이고 가장 가난한 사람들이 살고 있는 아프리카의 수단을 찾아가서, 아이들을 직접 가르치고 환자들을 밤새워 치료하며, 그들의 진정한 친구가 되었습니다.

그런데 8년 만에 휴가차 귀국했다가 대장암 진단을 받고 2010년 1월 14일, 48세의 나이로 선종했지요. 고인은 생전에 힘든 투병생활 속에서도 수단의 어린이 돕기 운동에 열정을 쏟고, 또한 하느님으로부터 받은 그 병마의 고통이 오히려 불쌍한 이웃에 대한 사랑에 눈뜰 수 있게 해준 '특별한 은총'이라며 감사했다고 합니다. 어쩌면 사람이 이처럼 아름다울 수 있을까요.

그가 떠난 후에야 TV 다큐프로인 〈울지마 톤즈〉를 통해 그를 처음 만나고, 그의 수단 체험기를 엮은 책을 읽었습니다. 지금껏 세상의 밝은 빛만 쫓고 어둠속에 버려진 이웃들을 외면해 온 저의 '무관심'이 너무 부끄러워집니다. 그는 무관심이 죄악이라고 말합니다. 신부님의 위대한 삶을 추모하면서, 염치없지만 그 죄의 사赦하심을 빌어볼진저!

기후에 대한 기우?

우리가 죽으면 살과 뼈 등은 흙이 되고, 물과 피 등의 액체들은 물이 되어 흐르고, 몸의 열이나 더운 기운 등은 대지의 열로 전환되며, 우리 혈액의 운동 등을 원활하게 해준 바람의 기운은 대지의 움직임, 바람이 되어 흩어지게 마련입니다.

이렇게 보았을 때, 우리 몸의 지수화풍地水火風과 대지의 지수화풍을 따로 생각할 수 없는 것입니다. 우리 눈에 보이는 지수화풍은, 전생, 그 전생의 내 육신이었을 수 있고, 내 부모, 조상의 육신이었을 수도 있었을 것입니다.

이렇게 생각한다면, 사소하게 여긴 산하대지가 바로 내 몸임을 알 수 있으니, 어찌 남의 것 대하듯 마구 써버릴 수 있겠습니까. 휴지를 함부로 버리고, 밤늦은 때에 공장에서 폐수를 몰래 방출하고, 아무 곳에서나 침을 뱉고 할 수 있겠는가 말입니다. 하나라는 마음이 없기 때문에 지금 환경문제가 대두되고 있는 것입니다.

(중략)

이 환경문제는 나와 상관없는 문제가 아닙니다. 오존층이 파괴되고, 물이 오염되어, 우리는 그것을 먹으며 살고 있지 않은가 말입니다. 자연환경을 파괴하는 것은 다시 말해 자살행위와 같은 것입니다. 바로 내 육신을 파괴하는 것입니다.

'나다', '내 것이다'라는 관념은, 이처럼 고정된 실체로서의 성질을 가진 것이 아닙니다. 일체가 이처럼 함께 돌아가는 세상 그 자체가 바로 '나'인 이 마당에 '나다', '너다'를 가르는 것이 무슨 의미가 있겠습니까? 이와 같이 우리는, 주어진 시간, 공간의 조건에 의해 '말미암아서 일어난 존재'인 것입니다.

―법상 지음, 《마음을 놓아라 그리고 천천히 걸어라》 중에서

UN은 물, 빈곤과 함께 기후변화를 인류가 해결해야 할 최우선 과제로 꼽았지요. 정말 지구온난화에 따른 기후변화가 심각한 것 같습니다. 지구의 기온이 꾸준히 상승하면서, 홍수와 가뭄 등 자연재해의 증가, 질병 확산, 생태계 교란 등은 말할 것 없고, 식량 감소로 인해 굶어죽는 사람도 늘어난다고 합니다. 이래저래 없는 사람만 더욱 살기 힘들어지지요.

지구온난화의 주범으로 온실가스, 그중에서 특히 이산화탄소 증가를 지목합니다. 우리 인류가 부지런히 화석연료를 태우고

숲을 벌채한 결과라고 하지요. 무려 1억 2,000만 년에 걸쳐 축적된 화석연료를 불과 최근 300년 동안에 소진해 버리고, 우리나라에서만도 매년 여의도 면적의 7배나 되는 숲이 사라지고 있으니, 대기권의 이산화탄소가 끔찍하게 늘어날 밖에요.

그저 편한 것만 쫓고 남보다 더 많이 가지려고 경쟁하다가 우리 스스로 초래한 현실일 것입니다. 암튼 기후변화는 우리 인류에게 엄청난 재앙을 경고하는데, 우린 모두 그 '불편한 진실'을 애써 외면하고 있지요. 요란하게 '녹색혁명'만 떠들지 말고, 나부터 먼저 위기의식을 갖고, 자동차 사용도 좀 줄이고 나무 한 그루라도 심어야겠다 싶습니다.

딸애가 준 법상 스님의 책을 읽어 보니, 기후변화를 극복하고 지구촌을 지키는 길이 자명해집니다. 우리 인간이 자연으로 말미암아 존재하고 모든 생명체가 더불어 살아야 할 세상임을 바로 알고, '내 모든 행동 하나 하나가 곧 우주를 진동시킨다'는 생각으로 조심스럽게 삼가며 행동하라고 깨우칩니다. 그나저나 며칠 전까지도 지독히 춥던 날씨가 갑자기 따뜻해지면서 금세 개나리꽃이 필 듯하지요?

정의가 강물처럼

(전략)

옛 성현은 어진 정치를 행할 때

홀아비 과부의 괴로움을 살펴야 한댔지만

정말로 부러운 게 홀아비 과부라네

굶어도 제 한 몸 굶는 것이니

딸린 식구 없다면야

온갖 근심 있을 리 있나.

봄바람이 단비를 데려와

초목이 무성하게 자라고

천지에 생기가 가득하니

이때야말로 백성을 구휼해야지.

엄숙한 조정의 훌륭한 분들아

나라의 안위는 경제에 달렸다오.

고통에 빠져 있는 백성들을

그대들 아니면 누가 건지리.

−정약용 지음, 최지녀 편역, 《정약용 시선집 − 다산의 풍경》 중에서

며칠 전 만난 한 친구는 그동안 몸담고 있던 기업의 부도로 갑자기 일터를 잃고 새로 들어간 회사마저 문을 닫게 되어 앞길이 막막하다 했습니다. 몇 년씩이나 중동의 거친 사막바람도 견뎌가며 일에만 몰두하고 살았는데, 빈털터리가 된 자신이 원망스러워 한때 죽음까지 생각했다는 말에 참 마음이 아팠지요.

요즘 서민들의 살림살이가 너무나 어려운 지경인데, 우리 현실정치는 이를 제대로 읽지 못합니다. 정권 후반기만 되면 정치권은 개헌논쟁과 선거열풍에 휩쓸려버리고, 국민의 경제와 교육 등 민생문제에는 도무지 관심이 없어 보이지요. 국민에게서 권력을 누가 얻느냐에 오직 집중할 뿐, 국민을 위해 권력을 어떻게 행사하느냐는 마냥 뒷전이니, 정말 한심해서 한숨만 납니다.

공정사회의 구호가 높아가고 정의에 대한 관심이 늘고 있지만, 정작 우리 사회는 거꾸로 가는 듯합니다. 마이클 샌델은, 정의로운 사회는 시장논리에 매이지 않고, 시민의 도덕심을 키우고, 불평등을 해소시키려고 노력하는 사회라고 말하지요. 경쟁

에 밀려난 서민들이 실패에 좌절하지 않고 저마다 인간다운 삶을 향유할 수 있게 하는, 그런 정의가 강물처럼 흐르는 사회, 우린 왜 이룰 수 없을까요.

일찍이 '이존국법 이중민생以尊國法 以重民生'을 강조한 다산 정약용, 그분은 미천한 백성이 천하에 가장 높고 무거운 즉, 백성을 받들어 고르게 잘살게 함에 정치의 본질이 있다고 말씀하셨지요. 그분의 애민시愛民詩 한 편을 요즘 정치하시는 모든 분들께 읽어 주고 싶습니다. 친구여, 부디 힘내시게! 자네에겐 젊은 시절 그 황량한 사막에서 얻은 호연지기가 아직 쨍쨍하지 않은가.

위기의 일본을 보며

2008년 미국 하버드대학교 졸업 축사의 주인공은 《해리 포터》의 작가 조앤 롤링이었다. 그녀가 졸업식에 초청받은 이유는 작가로서 부를 축적했기 때문이 아니라 바로 시련을 딛고 일어섰기 때문이다. 그녀는 세계 최고 엘리트들을 앞에 두고 말했다. "여러분이 하버드 졸업생이라는 사실은 곧 실패에 익숙하지 않다는 뜻이기도 합니다. 하지만 앞으로 성공에 대한 열망만큼이나 실패에 대한 공포가 당신의 삶을 좌우할 것입니다. 인생에서 몇 번의 실패는 피할 수 없는 것입니다. 실패 없이는 진정한 자신도, 진짜 친구도 결코 알 수 없습니다. 이것을 아는 것이 진정한 재능이고 그 어떤 자격증보다 가치 있는 것입니다."

세계 최고 엘리트들을 향해 '실패에 대한 공포가 당신의 삶을 좌우할 것'이라고 외치는 조앤 롤링의 말처럼 우리는 시련 앞에서 더 강해져야 한다. 삶에는 성취보다 더 많은 실패와 상처들이 존재한다. 이것이 우리를 힘들게 하는 것은 분명하다. 그렇다고 실패가 두려워 아무것도 하지 않는 것은 가장 큰 패배이다. 미련 없이 바닥을 치면 더 이상 두려울 것이 없다. 다시 일어나서 나아갈 일만 남았기 때문이다. 시련을 기회로 만들 배짱이 있어야 한다.

-김광호 지음, 《영웅의 꿈을 스캔하라》 중에서

2011년 3월 12일, 일본 동북부를 죽음의 땅으로 만든 대지진의 모습을 보며 전율합니다. 몇만 명이 될지도 모르는 무수한 생명들을 순식간에 휩쓸어간 그 산더미 같은 쓰나미가 참으로 원망스럽습니다. 자연 앞에 인간이 이렇게 한낱 무력한 존재인가요? 왜 신은 이런 재앙으로 인간을 무자비하게 심판하는지요?

그러나 정작 우리를 놀라게 하는 것은, 그 참담한 시련을 견뎌내는 일본인들의 태도입니다. 시련은 더러 사람을 염치없고 무질서하게 만드는데, 그 극심한 혼돈과 절체절명의 위기 속에서도 그들은 소름끼치게 차분하고 의연했지요. 가족을 잃고 울부짖는 대신 기적 같은 희망을 기도하고, 물건 사재기는커녕 서로 생필품을 양보하며, 약탈사고 한 건 없이 모두들 구호대열에 동참하고 있었습니다.

그동안 "일본은 없다."고 큰소리쳤지만, 너무나 확실하게 "일본은 있다."는 걸 보게 되지요. 노벨상 수상자가 수십 명에 이를 정도의 지력과 조국을 위해 초개처럼 목숨을 내던지는 가미가제들의 용기는 그렇다 치고라도, 그 엄청난 자연재난을 극복해가는 그들의 슬기로움이 솔직히 참 부럽습니다. 시련이 그들을 새롭게 태어나게 했다고 할까요?

폐허더미 속에서 꿋꿋이 다시 일어서는 일본인들의 의지에 박수를 보냅니다. 그들의 진정한 힘을 바라보며, 신간 《영웅의 꿈을 스캔하라》의 저자가 '시련은 기회요, 축복이다' 라고 한 말을 떠올립니다. 굳센 의지만 잃지 않으면 저주받은 시련과 고통도 얼마든지 희망의 축복이 될 수 있고, 실패하고 좌절하여 허우적거리는 삶의 밑바닥이 곧 성공으로 도약하는 디딤판이라고 하지요.

사랑하는 당신

내가 당신을 사랑하는 것은 까닭이 없는 것이 아닙니다.

다른 사람들은 나의 홍안만을 사랑하지마는

당신은 나의 백발도 사랑하는 까닭입니다.

내가 당신을 기루어하는 것은 까닭이 없는 것이 아닙니다.

다른 사람들은 나의 미소만을 사랑하지마는

당신은 나의 눈물도 사랑하는 까닭입니다.

내가 당신을 기다리는 것은 까닭이 없는 것이 아닙니다.

다른 사람들은 나의 건강만을 사랑하지마는

당신은 나의 죽음도 사랑하는 까닭입니다.

-만해 한용운의 詩, 〈사랑하는 까닭〉 전문

저는 참 존경해 마지않는 퇴역 장군 한 분과 이웃해 살고 있습니다. 장군님은 평생 동안 군문에 봉직하고 지금은 은퇴하여 댁에서 칩거하고 계시지요. 그런데 최근에 갑자기 신경쇠약과 우울증세로 고생하시는 게 너무 딱하기 그지없습니다. 이제 자유로운 야인으로 가족과 함께 편안한 노후생활을 즐기셔야 될 때인데, 차마 안타까울 뿐이지요.

가끔 한밤중에 난데없이 비상경계령이 내렸다며 혼자 허겁지겁 집밖으로 뛰쳐나가는 장군님을 바라보며 사모님은 그저 망연자실하고 계십니다. 오랜 세월 군 생활을 하면서 한시도 긴장의 끈을 놓지 못하고 오직 나라를 지키는 일에 충실했던 참군인의 외길 역정, 그동안 심신의 고단함과 압박감이 오죽했으면 저런 병을 얻으랴 싶어 마음이 무거워집니다.

며칠 전 아차산을 걷다가 만해 한용운 선생의 시비 앞에 한동안 발걸음을 멈춰 섰지요. 누군가를 사랑하고, 그리워하고, 기다리는 것이 꼭 무슨 까닭이 있을까만, 선생이 노래한 〈사랑하는 까닭〉을 읽다 보니 메마른 내 가슴에도 사랑의 정수가 채워지는 듯합니다. 장군님 내외분에게 부디 힘내시라, 위로의 말을 대신하여 위 시문을 전해 드려야겠습니다.

홍안, 미소, 건강은 누군들 사랑하지 못하겠습니까? 백발, 눈물, 죽음도 사랑할 수 있어야 진정한 사랑이겠지요. 남에게 박수 받고 부러움 사는 것뿐 아니라 오히려 남들보다 못하고 더러 잘못한 일까지 사랑할 수 있어야 진실로 사랑한다 말할 수 있지 않을까요. 사랑은 한없이 부족하고 허약한 나를 지키고, 죄 많이 짓고 욕심에 눈 먼 나를 구하려고, 신이 아무런 까닭 없이 베풀어주는 최상의 축복일 것입니다.

이 찬란한 봄날에

내가 죽어서

다음 몸을 받는다면

물새가 되겠다

흙한테는 미안하지만

물에서 하루치를 벌어

하루를 사는

단순한 노동자가 되고 싶다

내일을 걱정하지 않는

오늘의 작은 만족에 훨훨 날며

비록

겨울날 맨발로 얼음 위를 걸으며

부리고 얼음을 쪼지만

그 누구를 원망도 시기도 하지 않는

하얀 물새가 되고 싶다

(후략)

-정채봉의 詩, 〈물새가 되리〉 일부

산수유, 개나리, 진달래, 목련, 벚꽃…… 서로 다투듯 꽃망울이
터지는 봄날, 꽃이 피는 눈부신 봄을 60번 가까이 보고 즐길 수
있었으니, 이미 분에 넘치도록 엄청난 축복을 받았음이 분명합
니다. 앞으로 몇 번이나 그런 봄의 축복을 더 누릴 수 있을까요.
　그런데 우린 꽃이 피는 걸 바라볼 뿐, 이내 꽃이 진다는 걸 예
감하지 못합니다. 어디 그 뿐인가요? 삶의 모습도 또한 그러하
지요. 성공의 기쁨에 도취하여 금세 찾아올 실패의 아픔을 느끼
지 못하고, 희망의 설렘 속에 그것이 또 다른 절망의 단초임을
알지 못합니다. 만남은 곧 헤어짐의 시작이란 걸 애써 외면하
고, 생명의 찬가를 노래하는 그 순간에도 죽음의 그림자가 다가
오고 있음을 까마득히 모릅니다.
　삶은 태어남에서 죽음까지 단 한 번의 여정이지요. 살아있
다는 것이 곧 생명의 축복이므로 죽는다는 것은 생명이 끊어
지는 두려운 사건이 아니라, 축복으로 누린 그 생명의 아름
다운 마무리가 아닐까요. 이 찬란한 봄날에, 꽃향기에 젖으

며 낙화를 그리듯 생명의 강 너머로 죽음을 담담하게 바라보는 사색의 여유를 가진다면, 우리 삶의 무게가 조금은 더 가벼워지지 않을까요.

시인은 죽어서 물새가 되기를 원했지요. 하루 벌어 하루를 살아도 '내일을 걱정하지 않는 오늘의 작은 만족'에 훨훨 하늘을 날며, 찬 겨울 맨발로 온종일 얼음을 쪼더라도 '그 누구를 원망도 시기도 하지 않는' 하얀 물새. 일찌감치 세상을 떠난 시인은 분명 그런 물새가 되어, 오늘도 삶과 죽음이 하나가 된 유장悠長한 시공 속을 표표히 날고 있을 것입니다.

아! 그럴 수 있다면

아무도 거들떠 보도 않는 저를 채용하신다니

삽자루는커녕 수저 들 힘도 없는 저를,

셈도 흐리고, 자식도 몰라보는 저를,

빚쟁이인 저를 받아주신다니

출근복도 교통비도, 이발도 말고 면도도 말고

입던 옷 그대로 오시라니

삶이 곧 전과前過이므로 이력서 대신

검버섯 같은 별만 달고 가겠습니다

미운 사람도 간다니 미운 마음도 같이 가는지 걱정되지만

사랑하는 사람도 간다니 반갑게 가겠습니다

민들레도 가고 복사꽃도 간다니

목마른 입술만 들고, 배고픈 허기만 들고

허위허위 는실는실 가겠습니다

(중략)

고무신 한 짝 벗어 죄 없는 흙 가려 넣어

꽃씨 하나 묻어들고 가겠습니다.

-반칠환의 詩, 〈어떤 채용통보〉 일부

어느 70대의 유복한 부부가 하루하루 지나가는 게 너무 아쉬워서 어쩔 줄 몰라 한다는 이야기를 전해 들었습니다. 아마 그 분들은 앞으로 백수를 누리게 되더라도 가는 세월이 안타깝고 더 오래 살고 싶은 건 지금과 별로 다르지 않을 것입니다.

몇 해 전에 우연히 불가리아 시골마을에 사는 한 가난한 할머니 이야기를 텔레비전에서 보았지요. 노구를 이끌고 체리를 따고 있는 그분에게 기자가 "할머니, 100살까지 오래오래 사세요."하고 덕담을 건네자, 그 분은 소녀처럼 해맑게 웃으며, "아뇨, 내일이라도 당장 신이 부르면 훌훌 떠나야지요." 그러더군요. 그 할머니, 지금쯤 저 세상에서도 행복하게 체리를 따고 계실까요?

누군가처럼 '노을빛 함께 단둘이 기슭에서 놀다가 구름 손짓하면 하늘로 돌아가 아름다운 이 세상 소풍 끝내는 날 가서 아름다웠다고 말하리라' 고까지는 안 되더라도, 남겨진 세월의 길이에 연연하지 않고 그저 주어진 인연과 운명에 감사하고 사랑하며 살다가 때가 되면 언제라도 미련 없이 떠나야 할 텐데, 모두들 너무 오래 잘 살려는 욕심 때문에 누추한 죽음을 맞게 되는 것은 아닐지요. 암튼 잘 사는 일(well-being) 못지않게 잘 죽는 일(well-dying)도 참 어렵지 싶습니다.

반칠환 시인은 죽음을 신에게 채용되는 걸로 이해하네요. 그것도 고맙게시리 아무런 능력 안 따지고 과거도 묻지 않고 맨몸으로 받아주는 것이라지요. 언제든 신이 나를 불러 저 세상으로 채용하실 때, '입던 옷 그대로, 목마른 입술, 배고픈 허기만 들고, 고무신 한 짝에 꽃씨 하나 묻어 들고' 떠날 수 있다면. 아, 그럴 수만 있다면!

배려하는 마음

앞을 못 보는 사람이 밤에 물동이를 머리에 이고, 한 손에는 등불을 들고 길을 걸었다. 그와 마주친 사람이 물었다. "당신은 정말 어리석 군요. 앞을 보지도 못하면서 등불은 왜 들고 다닙니까?" 그가 말했 다. "당신이 나와 부딪히지 않게 하려고요. 이 등불은 나를 위한 것 이 아니라 당신을 위한 것입니다."

(중략)

한밤중에 어떤 단체에 예기치 않은 문제가 생겼다. 회원들은 다음날 아침 6시에 긴급회의를 소집해 문제를 해결하기로 했다. 아침, 회의 실에 모였을 때 회원은 모두 일곱 사람이었다. 여섯 사람의 회동이었 는데, 아무도 부르지 않은 한 사람이 더 온 것이다. 회장은 그들 중 에 누가 불청객인지 알 수 없었다. 회장이 말했다. "여기에 나오지 말아야 할 사람은 당장 돌아가시오." 그러자 그들 중에서 가장 유능 하고 가장 필요한 사람이 밖으로 나가버렸다. 그는 부름을 받지 않은 채 잘못 알고 나온 일곱 번째 사람에게 굴욕감을 주지 않기 위해 자신이 나가버린 것이다.

-한상복 지음, 《배려》 중에서

우리의 삶은 태어나는 때로부터 숨을 거두는 순간까지 사람들과 관계 맺기의 연속입니다. 그런데 그 모든 관계 맺기의 가장 기본 되는 덕목은 과연 무엇일까요?

공자는 마지막 운명의 순간에 제자 자공子貢으로부터 일생을 꿰뚫는 단 한 자의 좌우명을 가르쳐 달라는 요청을 받고 '서恕'라고 답했습니다. 여기서 '서'는 그냥 용서한다는 뜻이 아니라고 합니다. '서'는 '같을 여如'와 '마음 심心'의 합자지요. 그러니까 사람 마음이 모두 나와 똑같으니, 항상 그런 마음가짐으로 타인을 존중하고 배려하라는 뜻일 것입니다.

상대방을 배려하기 위해서는 그의 마음을 잘 헤아려 그가 원하는 것을 주고 원하지 않는 것을 삼가야 하는데, 그 상대방의 마음이 눈에 보이지 않으니까 내 마음과 똑같이 생각하라는 깨우침이지 싶습니다. 그래서 '무엇이든 내 스스로 남에게 대접받고 싶은 대로 남들을 대접하라'는 그리스도의 사랑도, '내가 원하지 않는 일을 남에게 시키지 말라(己所不欲 勿施於人)'는 유교의 인仁 사상도, 또 '자타불이自他不二'의 정신을 바탕으로 하는 부처님의 자비정신도 모두 궁극적으로 인간관계의 배려를 권하는 게 아닐지요. 그런데 정작 내 마음은 어떻게 제대로 헤아릴 수 있나요?

암튼 사람의 마음을 움직이고 이 세상을 움직이는 것이 절대 힘이 아니라 배려라는 것은 분명해 보이는데, 가뜩 팍팍하게 살면서 '나'를 누르고 '남'을 돌본다는 것, 그게 참 말처럼 쉽지 않지요. 시중의 스테디셀러인 《배려》라는 책 속에 인용된 재미있는 일화 두 토막을 읽어 보세요. 누군가를 위해 그가 원하는 등불을 밝혀주고, 그가 원하지 않는 굴욕감을 생각해 일부러 자리를 피해주는 배려, 바로 우리 인생살이의 황금률입니다.

책 읽기의 즐거움

나는 좋은 책을 만나면 밤을 새워가며 읽는다. 언젠가부터 미지의 세계로 들어갈 때엔 항상 책을 통해서 먼저 그 세계를 간접 경험하는 원칙을 가지게 되었다. 세상살이를 교과서처럼 곧이곧대로 하면 안 된다는 사람들을 간혹 보지만, 나는 그 말에 찬성하지 않는 편이다. 나는 여전히 교과서와 책은 지혜와 행동의 기준을 얻는 데 가장 효과적인 도구라고 생각한다.

'우리는 우리가 읽은 것으로 만들어진다'는 독일의 유명한 문호 마틴 발저의 말처럼, 책은 우리 인간이 '어떤' 것을 이루고 '무엇'인가가 되는 데 가장 유익한 길잡이다.

책이 인생의 가장 좋은 스승이라고 생각하기에 나는 사람들에게 책을 읽으라고 많이 권하는 편이다. 그러나 책을 보아도 아무 소용없고 현실에 반영할 수도 없는데 왜 그리 "책! 책!" 하냐는 사람도 있고, 마음에 와 닿지 않는 책이 더 많다고 말하는 이들도 있다. 그런 사람들은 어쩌면 한 권의 책에 너무 많은 것을 바랐는지도 모르겠다.

이 세상에 정답을 주는 책이란 없다. 모든 사람이 처해 있는 환경이

다르고 그 한 사람 한 사람의 경험과 지식이 다 다르기 때문에 어느 상황에 딱 들어 맞는 해답을 주는 책은 존재하지 않는다. 만약 어려운 상황에 부딪혔을 때 책에서 해답을 찾으려고 한다면 백이면 백 실망만 할 것이다. 결국 정답은 자기가 찾아야 하기 때문이다.

-안철수 지음, 《지금 우리에게 필요한 것은》 중에서

어디든 양지 바른 곳에 앉아 시간 가는 줄 모르게 책을 읽고 싶습니다. 이순의 나이를 눈앞에 두고도, 여태껏 '누각 위에서 달구경하듯이(如臺上玩月)'는 커녕, '뜰 가운데 달을 바라보듯이(如庭中望月)'도 못하고, 그저 '문틈 사이로 달을 엿보듯이(如隙中窺月)' 하는 독서일망정, 날마다 새로운 깨달음을 얻는 즐거움을 무엇에 비길 수 있을지요.

또한 좋은 벗과 만나 자주 어울리고 싶습니다. 워렌 버핏이란 세상 최고부자가 그 많은 재산의 99%를 사회에 기부한다는 약정서에 서명하면서 한 말이 '내가 가장 가치 있게 생각하는 자산은 건강과 친구'라고 했다는데, 어디 친구의 소중함에 빈부와 귀천이 따로 있겠습니까? 오랜 벗과 한 잔의 술을 나누며 그윽하게 취할 수 있다면 더 바랄 게 없겠지요.

그리고 가끔 자유로이 길을 걷고 싶습니다. 아침 물안개가 피어오르는 강둑길을 걸으며 가슴 설레고, 한낮에 녹음이 우거진 숲속 길을 걷다가 이내 황홀경에 젖기도 하고, 붉은 노을빛이 마음까지 물들이는 황혼의 들녘 길을 걸어가면 절로 행복감이 충만해지지요. 길 위에서 문득 자연속의 '나'를 만나고, 자연으로 돌아가야 할 '나'의 참모습을 바라봅니다.

'책·벗·길', 이 세 가지만 함께할 수 있다면 언제 어디서라도 행복할 듯합니다. 그런데 그중에 굳이 딱 한 가지만 고른다면 그래도 책이 아닐까 싶네요. 이 시대 가장 존경받는 CEO인 안철수 교수는 만나는 사람마다 책읽기를 권하고, 스스로 책읽기의 즐거움에 탐닉합니다. '우리는 우리가 읽은 것으로 만들어지고', 또한 우리는 우리가 읽은 것만큼 행복할 수 있지 않을까 하는 생각이 듭니다.

욕심과 성심

가만히 눈을 감기만 해도
기도하는 것이다

왼손으로 오른손을 감싸기만 해도
그렇게 맞잡은 두 손을 가슴 앞에 모으기만 해도
말없이 누군가의 이름을 불러주기만 해도
노을이 질 때 걸음을 멈추기만 해도
꽃 진 자리에서 지난 봄날을 떠올리기만 해도
기도하는 것이다

(중략)

바다에 다 와가는 저문 강의 발원지를 상상하기만 해도
별똥별의 앞쪽을 조금만 더 주시하기만 해도
나는 결코 혼자가 아니라는 사실을 받아들이기만 해도
나의 죽음은 언제나 나의 삶과 동행하고 있다는

평범한 진리를 인정하기만 해도

기도하는 것이다
고개 들어 하늘을 우러르며
숨을 천천히 들이마시기만 해도

-이문재의 詩, 〈오래된 기도〉 일부

요즘 시중에 '잘 나가는 변호사들' 이야기가 무성합니다만, 대부분의 변호사들은 할 일이 적다고 걱정하고, 또 일이 잘 안된다고 불만을 터뜨리며, 다들 어려움을 호소합니다. 저도 별반 다를 바 없지요. 오래 전에 어느 유명한 원로분이 변호사 직업을 가리켜 '면기난부免飢難富'라고 하셨는데, 그래도 변호사가 살기 힘들다면 다른 사람들은 오죽하랴 싶습니다.

일이 없으면 마음이 쫓기지만 일이 많으면 몸이 쫓기는 법이지요. 일이 없어 몸이 편하면 그만큼 자유로움과 느긋한 여유를 즐겨야 할 텐데 그러지 못하는 이유는 분명 욕심 때문일 것입니다. 욕심을 비우지 못하면 늘 불안한 생각이 그림자처럼 따르게 되는 걸, 그 많던 싱아는 누가 다 먹고, 그 많은 재판사건은 누가 다 맡을까, 제발 그러지 말아야겠지요.

일이 잘 안되는 이유를 다들 한결같이 밖에서 찾지요. 변호사들도 대개 재판하는 법관이 소홀하고 잘못 판단한 때문이라고 불평하는데, 기실 재판받는 내 정성이 부족했다고 여기고 결과를 담담히 받아들여야 할 것이 아닐는지요? 지성이면 감천일진대, 일이 잘 되게 하려고 그만큼 일에 성심을 다했는지 자성해야 할 것입니다.

어디 변호사의 일뿐이겠습니까? 모든 사람의 세상 사는 지혜가 마찬가지겠지요. 일의 성과를 도모하고 일을 통해 행복하려면, 욕심을 비우고 성심을 채울 수 있도록 늘 기도해야겠지요. 그런데 어떻게 기도해야 하냐고요? 이문재 시인의 〈오래된 기도〉 한번 읽어 보세요. 가만히 눈을 감고, 말없이 누군가의 이름을 불러주고, 내가 결코 혼자가 아님을 받아들이라고, 너무나 손쉬운 길을 안내하지요.

환경개발을 생각하며

나는 우리가 자비심과는 너무도 거리가 먼 삶을 살고 있다는 느낌을 자주 받습니다. 시간 개념에 대해 예를 들어 봅시다. 현재 우리가 가지고 있는 시간에 대한 생각은 잘못된 것입니다. 인간은 시간이란 지나가는 것이며, 우리는 그것이 지나가는 것을 바라보면서 정지해 있다고 생각합니다. 이것에 대해 아프리카 인들에게 물으면 그들은 이렇게 대답합니다. "그렇지 않습니다. 지나가는 건 시간이 아니라 바로 우리들이니까요."

그것에 대해 깊이 명상해 보면 당신은 그 말이 얼마나 정확한 표현인지 알 수 있을 것입니다. 만일 그렇게 생각할 수 있다면, 우리는 시간에 대해 좀 더 정확한 개념을 갖게 됩니다. 마찬가지로 우리는 지구가 인간에게 속해 있다고 생각합니다. 하지만 그렇지 않습니다. 지구는 우리에게 속해 있지 않습니다. 우리 인간이 지구에 속해 있는 것입니다. 죽을 때 나는 아무것도 가지고 가지 않을 것입니다.

우리는 지구를 보호하고 가꾸기 위해 이곳에 있는 것이지, 지구를 착취하기 위해 이곳에 존재하는 것이 아닙니다. 농업을 악용하는 이들에게 물들어 이제는 프랑스의 농부들조차도 땅을 경작한다고 할 때 '착취한다'는 의미를 동시에 지닌 'exploiter'라는 단어를 사용합니다. 지구를 대하는 이런 행동은 비극적인 일이 아닐 수 없습니다. 그럴 때마다 나는 우울해집니다. 우리는 이 행성을 착취하고 동물들을 지배하기 위해 이곳에 있는 것이 아닙니다. 우리가 살고 있는 이 대지와 그 위에 존재하는 모든 것을 사랑하기 위해 여기에 있는 것입니다.

−장 피에르 카르티에 · 라셀 카르티에 지음, 길잡이 늑대 옮김,
《농부 철학자 피에르 라비》 중에서

국토의 환경개발에 대한 논의가 끊이질 않습니다. 우리 삶의 질을 생각하면 개발이 불가결한 경우가 없을 수 없지요. 요는 범위와 방법일 것입니다. 비단 도롱뇽과 갯벌에 국한된 문제가 아닙니다. 우리 모두 잠시 머물다가는 이 아름다운 자연의 보존문제, 그리고 그 안에서 살아갈 우리와 우리 후예들의 생명의 문제가 결부된 것이지요.

무엇보다 저는 이런 개발사업들이 정치적 목적 등에 사로잡혀 졸속으로 진행되는 것을 경계합니다. 얼마 안 지나 후회하고, 먼 후손들로부터 원망을 듣지 않도록 부디 신중하고 주도면

밀하게 이루어졌으면 하는 바람입니다. 아메리카 인디언들이 마을길 하나 바꿀 때에도 무려 7세대의 후손들에게 미칠 영향까지 깊이 살펴본 후에 결정했다는 말을 꼭 새겨봄직합니다.

대지는 살아있는 일체요, 그 안에 있는 사람을 비롯하여 모든 동물과 식물, 심지어 돌 하나의 미물에 이르기까지 모두 신성을 지닌 존재라고 하지요. 그런즉, 오직 사람들이 자기편의만을 생각하지 말고, 그 신성한 모든 것들과 더불어 살 수 있도록 인간과 대지와 만물이 함께 조화를 이룰 수 있는 바람직한 개발이 이루어져야 할 것입니다.

생명농업을 주창하며 손수 농부의 길을 살다간 피에르 라비도 대지의 생명과 만물의 신성을 이야기합니다. '지나가는 건 시간이 아니라 바로 우리들이고, 지구가 우리에게 속해 있는 게 아니라 우리 인간이 지구에 속해 있음'을 알고, 우리가 살고 있는 이 대지와 그 위에 존재하는 모든 신성한 것들을 사랑하기 위해 여기에 있음을 잊지 말라는 말씀이 마음에 크게 울립니다.

우리 문화 넘버원!

한국 문화의 중심에는 강한 신기神氣가 흐르고 있다. 변화에 대한 강한 적응력과 뭐든지 빨리빨리하는 전광석화의 정신, 화끈한 일처리 방식, 게다가 술 마시고 노래하고 춤추는 것은 세계 3강에 오르고도 남는다.

한국 문화의 중심에는 강한 문기文氣 역시 담겨 있다. 거개의 한국인들은 이전에 우리가 얼마나 찬란한 문화를 누렸는지 모른다. 그중에서도 문자와 활자, 역사 기록 같은 분야에서 우리는 세계 최고의 보물을 수두룩하게 숨겨 두고 있다.

(중략)

내가 보기에 한국 사람들의 마음 깊은 곳에는 이 두 가지 정신이 묘합되어 있고, 한국인들이 표출해 내는 문화적 현상이나 사건들은 이 원리에 입각해서 비롯된다고 본 것이다. 그러니까 신기와 문기는 한국적인 정신 안에 있는 내적 질서라고나 할까?

얼마 전 멀리 유럽에서 반가운 뉴스 두 가지가 들려왔습니다. 하나는 프랑스에서 한류 문화의 열기가 뜨거워지고 있다는 소식이고, 또 하나는 영국에서 열린 유네스코 세계기록유산회의에서 우리나라의 《일성록》과 '5·18 민주화운동 관련 기록물'을 세계기록유산으로 등재하기로 결의하였다는 소식입니다.

세계 최고의 예술 도시인 파리의 거리에서 우리나라 '소녀시대' 등 인기 가수들의 공연을 다시 볼 수 있게 해 달라고 시위를 벌이고 있는 젊은 시민들의 모습은 가히 놀라울 지경이었지요. 한류가 일본, 중국 등 아시아 전역을 열광시키고 이제 대륙을 건너 유럽에까지 널리 전파되는 현상은 끼가 넘치는 우리의 대중문화가 바야흐로 명실상부하게 글로벌화되는 징표라고 생각합니다.

마침 5·18 민주화운동 31주년을 맞아 관련 기록물이 유네스코 세계기록유산으로 등재되어 참으로 감개무량합니다. 숭고한 5·18 민주정신과 함께 찬란한 우리 기록문화의 전통을 세계에 과시한 쾌거가 아닐 수 없지요. 이로써 우리나라는 조선왕조실록 등을 비롯해 모두 9건의 세계기록유산을 갖게 되었으니, 중국이 고작 5건이고 일본이 하나도 없는 것과 비교하면 우리 민족이 얼마나 문文을 숭상하고 역사기록을 중시해 온 것인지 알 수 있어 자부심이 절로 생깁니다.

최준식 교수는 오래 전에 펴낸 《대한민국을 팔아라》는 책을 통해 외국에 내세울 수 있는 한국적 이미지로서 춤과 노래, 드라마 등 대중문화에서 흘러나오는 신기神氣와 수많은 문화유산들 속에 서려 있는 문기文氣를 들고 있지요. 요즘 우리 문화의 정체성에 대해 너무 부정적인 생각들을 갖고 아예 고민조차 하려 들지 않는 세태인데, 그래도 모처럼 혼자 콧노래를 불러봅니다.

자신에게 속지 말라

"할머니, 이제 어디로 가세요."

"어떤 여펜네 아들 중신 시키려는디 엠벙할 여펜네가 여비도 안 조서 이라고 있소잉. 누구한티 천언만 꿀라고 했는디."

"제가 꿔 드릴게요, 할머니."

"어치케 갚으라고."

"나중에 갚으시면 되지요."

"어이 사는 누군지도 모르는디."

"그냥 받으세요, 할머니. 제가 아니어도 다른 사람에게 갚으시면 되잖아요."

나는 천 원짜리 두 장을 할머니 손에 꼭 쥐어 드립니다. 할머니는 거푸 고맙다고 말씀하지만 듣는 내가 더 송구스럽습니다.

"어치케 가푸까, 어치케 가푸까."

"할머니, 걱정마세요."

나는 서둘러 순천행 버스에 오릅니다. 아마도 할머니는 살아오시는 동안 이미 누군가에게 충분히 갚으셨을 겁니다. 지금 내가 누군가에게 도움 주는 것이 있다면 그것은 과거에 내가 받은 것을 뒤늦게 갚는 것에 지나지 않습니다. 받는 것 또한 다르지 않겠지요.

나는 등받이에 기대 혼침에 빠져듭니다. 버스가 출발하는가. 순간, 엔진음에 놀라 눈을 번쩍 뜹니다. 겨우 천 원짜리 두 장 적선한 것 가지고 대단한 자선가라도 되는 양 잘난 척하다니! 나는 또 나에게 속을 뻔했습니다.

―강제윤의 산문집, 《자발적 가난의 행복》 중에서

생명평화운동을 펼치고 계시는 도법 스님이 "세상을 속이지 않는 일은 그리 어려운 게 아니다. 참으로 자기를 속이지 않는 것이야말로 중요한 일이고 어려운 줄을 알아야 한다. 타인에게 속지 않는 것은 그리 대단한 일이 아니다. 진정 자기에게 속지 않는 일이야말로 큰일 중의 큰일임을 알아야 한다."고 말씀하셨지요.

자기를 속이지도 말고 자기에게 속지도 말라, 참으로 무거운 말입니다. 내가 나를 속이는지, 아니 내게 속임을 당하는지, 다른 사람은 물론 알 턱이 없고 오직 나만이 알 수 있을 것인데, 실은 숨가쁜 일상 속에서 이리저리 부대끼며 살다 보면 내 자신도 정작 모르고 지내기 십상이지요. 더욱이 웬만큼 노회한 나이가 되면 아예 무감각해지기까지 합니다.

내가 날 속이고 또 내게 속는다? 왜 그럴까, 가만히 생각을 더듬어 봅니다. 내가 스스로 날 알지 못하고, 나를 전혀 의식조차 않고 지내는 탓은 아닐까요? 나의 무지함이며 나의 허물과 잘못을 그냥 모르는 체하며 살아가기 때문이지 않나요? 아! 정말 내가 날 모를 뿐이지요. 일찍이 에머슨이 말했던가요, "삶의 목적은 인간으로 하여금 자신을 알게 하는 데 있다."라고요.

강제윤 작가는 지금 우리나라 유인도 500여 개 섬을 순례중이라고 합니다. 맨몸으로 바닷바람을 맞으며 자신과의 끝없는 대화 속에 고행의 길을 걷고 있을 그 맑은 영혼을 그려 봅니다. 그가 여행길에서 우연히 만난 낯선 할머니에게 차비 몇 푼을 도와주고 혼자 우쭐하다가 그마저 자기기만이라고 자신을 문책하고 있지요. 그런 값싼 적선과 보시를 하고 나는 얼마나 우쭐댔던가요? 바보처럼 나도 모르게 날 속이고 또 내게 속았던 게 아닐까요?

자유의 축복

"조르바 씨, 이야기는 끝났어요. 나와 같이 갑시다. 마침 크레타엔 내 갈탄광이 있어요. 당신은 인부들을 감독하면 될 겁니다. 밤이면 모래 위에 다리를 뻗고 앉아 먹고 마십시다. 내겐 계집도 새끼도 강아지도 없어요. 그러다 심드렁해지면 당신은 산투르도 치고 ……."

"기분 내키면 치겠지요. 내 말 듣고 있소? 마음 내키면 말이오. 당신이 바라는 만큼 일해 주겠소. 거기 가면 나는 당신 사람이니까. 하지만 산투르 말인데, 그건 달라요. 산투르는 짐승이오. 짐승에겐 자유가 있어야 해요. 제임베키코, 하사피코, 펜토잘리 같은 춤도 출 수 있소. 그러나 처음부터 분명히 말해 놓겠는데, 마음이 내켜야 해요. 분명히 해둡시다. 나한테 윽박지르면 그때는 끝장이에요. 결국 당신은 내가 인간이라는 걸 인정해야 한다 이겁니다."

"인간이라니, 무슨 뜻이지요?"

"자유라는 거지!"

　　　　　－니코스 카잔차키스 지음, 이윤기 옮김, 《그리스인 조르바》 중에서

하루 종일 골치 아픈 일들에 잔뜩 무거워진 머리를 식힐 겸 밤 늦게 산책을 나섰습니다. 혼자 탄천길을 걷노라니 갈대가 흔들리는 소리며 냇물 흐르는 소리에 더욱 정적이 깊어가는 밤의 정취에 취해 정처 없이 시간가는 줄도 모르고 걸었지요. 집에 돌아오니 아내가 몽유병이 들었냐고 핀잔인데, 정말 꿈속에(夢) 노니는(遊) 듯한 자유의 맛이란. 아, 자유, 그 무량한 축복이여!

말만 들어도 가슴이 벅차오르는 '자유'. 자유는 제가 법관으로 일하는 동안 오롯이 지향했던 가치였지요. 헌법이 자유의 기술이라고 배웠고, 모든 법이 자유를 실질적으로 보장하기 위한 장치라고 믿었습니다. 자유정신이야말로 수많은 사건들의 재판을 통해 추구하고자 했던 최고의 이념이었으되, 다만 그것을 제대로 구현해 내는 데 내 자신의 양심과 지혜와 용기가 턱없이 부족했을 뿐이지요.

공직을 물러나 자유로운 몸이 되니 더 자유가 그립습니다. 어떤 선배분이 평생 몸담았던 직장을 은퇴한 후 내게 주신 명함엔 이름 석 자 위에 '자유인'이라는 직함이 붙어 있었지요. 일로부터 해방된 자유가 얼마나 좋았으면 그랬나 싶은데, 정작 우리가 자유로워져야 할 것은 내 자신을 속박하고 있는 모든 욕심으로부터의 자유가 아닐까요. 그 선배분과 헤어지면서 이런 말을 건넸지요. "선배님, 앞으론 그 자유인의 직함에서도 자유로워지세요."

그리스의 대표 작가인 니코스 카잔차키스의 《그리스인 조르바》는 자유에 대한 갈망이 곧 인간의 본성 그 자체임을 깨우쳐 줍니다. 스스로 아무것도 원치 않고, 아무것도 두려워하지 않으며, 오직 자유만을 찾으려 했던 작가의 불 같은 삶을 생각해 봅니다. 나는 어디서 나서 어디로 가는가. 내가 품고 있는 이 보잘것 없는 지식과 알량한 이성은 도대체 무엇을 위한 것인가. 자, 더 이상 주저하지 말고 춤추며 노래하자, 인간은 자유다!

우리 국토 예찬

일찍이 송나라의 소동파가 노래하기를 "강과 산, 바람과 달은 본래 일정한 주인이 없고, 오직 한가로운 사람이 그 주인이다."라고 하지 않았는가. 우리나라 어느 곳을 가도 나보다 한가한 사람이 별로 없으니, 이 땅의 주인은 한가해서 무척이나 행복한 나와 같이 한가한 사람의 것이 아니겠는가.

또한 유종원은 "무릇 아름다움은 저절로 얻어지는 것이 아니라 사람으로 인해 그 아름다움이 분명해지는 것이다. 난정蘭亭이 우군右軍을 만나지 않았다면 대나무 숲과 함께 빈산에 묻혀버렸을 것이다."라고 하였는데, 이 나라 산천의 아름다움을 이 땅에 살고 있으며 대대손손 이어갈 우리가 제대로 알지 못한다면 삼천리금수강산이 얼마나 섭섭하겠는가. 그리고 부연하건대, 독도가 누가 뭐래도 우리 땅이듯이 이 나라 삼천리금수강산, 즉 내가 발 디디고 선 이 땅은 소유권과는 별개로 이 나라, 이 땅을 사랑해서 때도 없이 찾아나서는 나의 것이자, 그대의 것이 아니겠는가.

−신정일 지음, 《신 택리지 − 우리 산하 편》 중에서

요즈음 해외여행을 나서는 사람들이 부쩍 늘고 있다지요. 그런데 그분들 중에, 변산반도 능가산 능선을 따라 붉은 노을 속에 지는 해를 벗 삼고 걸으며 멀리 들려오는 파도소리며 바다내음에 취해 보거나, 영주 부석사의 무량수전 앞에 앉아 안양루 위에 수없이 포개진 산들을 바라보며 고즈넉한 산사의 분위기에 젖어본 사람은 아마도 그리 많지 않을 것입니다.

한평생 우리나라 구석구석을 돌아다니며 최초의 지도인 '대동여지도'를 제작한 고산자古山子 김정호나 전국 팔도의 살기 좋은 곳을 찾아 이를 민중에게 알리고자 《택리지》를 저술한 청화자靑華子 이중환. 언감생심 이런 선인들의 발자취는 따르지 않더라도 우리 산하, 우리 문화, 우리의 얼과 기상을 정확히 알려고 노력하고 이를 소중히 여기는 마음들이 참 아쉽습니다.

아는 만큼 보이고 또 사랑할 수 있다지요. 내 것을 제대로 알지 못하면 내 안의 모든 것을 어찌 사랑할 것이며, 내 자신을 스스로 사랑하지 않는 사람이 어떻게 다른 사람인들 사랑할 수 있겠습니까. 진정한 자기사랑과 높은 자부심이 없으면 삶은 비루할 수밖에 없지요. 신토불이, 내 몸과 내 태어난 땅이 본래 하나이거늘, 아, 내 사랑하는 이 아름다운 국토여!

남녘의 친구가 신정일 선생의 《新 택리지》 9권을 보내왔습니다. 30여 년 간 전국의 400여 개 산을 오르고 10대 강을 모두

답사하여 펴낸 책이라니, 그 집념과 열정에 감복할 뿐이지요. 선생은 이 나라 삼천리금수강산이 땅의 소유권을 가진 사람의 것이 아니라 오직 그 땅을 사랑해서 한가롭게 무시로 찾아나서는 사람이 주인이라고 말합니다. 올여름 휴가엔 저도 동해안 새파랑길의 주인이 되어 '아픈 몸이 아프지 않을 때까지' 실컷 걸어보렵니다.

고마운 아내

나에게도 아내가 있었으면 좋겠다

봄날 환한 웃음으로 피어난

꽃 같은 아내

꼭 껴안고 자고 나면

나의 씨를 제 몸속에 키워

자식을 낳아주는 아내

내가 돈을 벌어다주면

밥을 지어주고

밖에서 일할 때나 술을 마실 때

내 방을 치워놓고 기다리는 아내

(중략)

나를 아버지로 할아버지로 만들어주고

내 성씨와 족보를 이어주는 아내

오래 전 밀림 속에 살았다는 한 동물처럼

이제 멸종되어 간다는 소식은 들리지만
아직 절대 유용한 19세기의 발명품 같은
오오, 나에게도 아내가 있었으면 좋겠다

-문정희의 詩, 〈나의 아내〉 일부

며칠 전 캐슬린 스티븐슨 전 주한 미국대사가 제주도를 방문하여 해녀체험을 했다는 보도를 보았습니다. 그녀가 "제주해녀는 한국여성의 강인한 힘을 상징한다. 그것이 한국의 현재를 이루었고, 또 한국의 미래가 될 것이다."라고 말했다고 합니다. 70세를 훌쩍 넘긴 나이에도 씩씩하게 물질을 하는 할머니들의 모습을 보면, 정말 감탄사가 절로 나오지요.

한국여성은 참으로 강합니다. 역사적으로 세계에서 가장 먼저 제대로 여왕 노릇을 했다고 볼 수 있는 철혈정치인 선덕여왕으로부터, 얼마 전에 올림픽 여자핸드볼경기 2연패라는 감동적인 〈우생순〉의 신화를 일구어낸 맹렬선수들에 이르기까지, 그 투지와 열정, 지혜와 재치, 끈기와 담대함이야말로 한국의 역사를 이룬 강인한 힘, 그것이었지요.

그런데 한국여성의 강인함을 꼭 그렇게 먼 데서 찾을 필요 있을까요. 바로 우리들 곁에 있는 아내들이 있지요. 나를 이런대로 마다않고 사랑하며, 내 아이를 낳아 기르고, 어려운 살림을 꾸려가며 온 집안을 건사해 온 그 여자 말입니다. 이젠 비록 나이 들어 '아무렇지도 않고 이쁠 것도 없는' 여자일망정, 남성호르몬이 갈수록 효능을 발하여 점점 씩씩해가는, 나의 고마운 아내여!

시인 문정희는 이런 우리 아내들의 모습이 '19세기의 발명품처럼' '오래 전 밀림 속에 살았던 동물처럼' 이제 점점 멸종되어 간다고 엄살이네요. 쓸쓸히 고개 숙인 남자들이여, 아직도 알량한 자존심만 세우지 말고, 아무도 알아주지 않는 가부장의 권위일랑 던져버리고, 모두들 아내를 보배처럼 위하고 아끼며, 기꺼이 져주면서 살아보면 어떨까요.

다시 인연의 소중함에 대하여

독일의 작가 F. 밀러는 《독일인의 사랑》에서 말했다.

"인간이 이 세상에서 사는 것은 별이 하늘에 빛나는 것과 같은 것이다. 별들은 저마다 신에 의해서 규정된 궤도를 따라 서로 만나고 또 헤어져야만 하는 존재다. 그것을 거부하는 것은 무모한 짓이든가, 그렇지 않으면 세상의 모든 질서를 파괴하는 일이다."

밀러의 말처럼 우리 모두는 밤하늘에 떠 있는 별이다. 이 별들이 서로 만나고 헤어지며 소멸하는 것은 신의 섭리에 의한 것이다. 이 신의 섭리를 우리는 '인연'이라고 부른다. 이 인연이 소중한 것은 반짝이기 때문이다. 나는 너의 빛을 받고, 너는 나의 빛을 받아서 되쏠 수 있을 때 별들은 비로소 반짝이는 존재가 되는 것. 인생의 밤하늘에서 인연의 빛을 밝혀 나를 반짝이게 해준 수많은 사람들, 그리고 삼라와 만상에게 고맙고 고맙다는 말을 전하고 싶다.

—최인호 지음, 《인연》의 머리글 중에서

복 중에 최고의 복은 '인연복'이라는 말이 있지요. 태어나서 죽는 순간까지 쉴 새 없이 무수한 사람들을 만나게 되고, 그래서 우리 삶은 사람과의 관계, 곧 인연을 쌓는 과정이라고 해도 과언이 아닙니다. 그러니 소중한 인연이야말로 이 세상을 살면서 누리게 되는 가장 큰 축복임이 당연하지요.

그런데 인연이라는 것을 우리는 대개 '덕을 보려는 대상'으로만 바라봅니다. 우리 사회에 학연, 혈연, 지연 등 온갖 연줄이 이리저리 얽히고, 이를 바탕으로 한 '연줄의식'이 워낙 강고하기 때문에 대부분 사람들이 툭하면 연줄을 찾고 그 덕을 의지하려고 합니다. 그래서 덕을 볼 일이 없다고 생각되면 언제라도 헌신짝 버리듯 내팽개치고 맙니다. 너무 삭막하고 황량하지요.

그러나 인연은 서로를 눈뜨게 하고 영혼을 깨어 있게 하는, 그런 귀한 사이가 아닐까요? 그러니까 인연에는 특별히 좋고 나쁜 게 따로 없고, 크고 작은 인연의 구분도 필요 없지 싶습니다. 아무리 악연이라도 상대방에게서 밝은 지혜가 얻어지고, 그냥 스쳐가는 사소한 인연들에서조차 맑은 향기가 느껴지지 않나요? '일기일회一期一會'란 말이 가리키듯, 모든 사람들이 일생에 단 한 번 만나는 인연인 것처럼, 그렇게 소중하게 여겨야 할 까닭이지요.

작가 최인호는 '인연이 마치 별과 같이 서로를 반짝이게 하는 존재'라고 설명합니다. 별들이 신의 섭리에 따라 서로 만나고 헤어지며 소멸하듯이, 이 세상 인연들도 신의 섭리로 만나 서로를 반짝이게 하며 어둠을 밝혀주다가 때가 되면 모두 스러지는 것이겠지요. '내 인생의 밤하늘에서 소중한 인연의 빛을 밝혀 늘 나를 반짝이게 해준' 친구들이 새삼 고맙습니다.